LE COMPTE EST BON

ÉDITIONS LA PEUPLADE
339b, rue Racine Est
Saguenay (Québec)
Canada G7H 1S8
www.lapeuplade.com

DÉPÔTS LÉGAUX
Bibliothèque et Archives
nationales du Québec, 2023
Bibliothèque et Archives
Canada, 2023

ISBN 978-2-925141-70-9

•

Les Éditions La Peuplade reconnaissent l'aide financière du gouvernement du Canada pour ses activités d'édition et remercient le Conseil des arts du Canada, la Société de développement des entreprises culturelles du Québec (SODEC) et le gouvernement du Québec, par l'entremise du Programme de crédit d'impôt pour l'édition de livres du Québec (gestion SODEC), du soutien accordé à son programme de publication.

Financé par le gouvernement du Canada | Canada

LE COMPTE EST BON

Louis-Daniel Godin

LA PEUPLADE **ROMAN**

Pour Jean-Michel

J'entre à l'intérieur d'une pièce
suivi de moi-même
et de moi-même
et de moi-même

FRANÇOIS CHARRON

0

L'ENFANT DEMANDE à sa sœur « c'est combien zéro ? » et sa sœur répond « zéro c'est zéro, zéro c'est rien », il joue avec elle dans le sous-sol de la maison située sur la rue Médard-Bourgault à Sainte-Rose, le sous-sol où se trouvent la salle de jeu et la chambre de grand-papa Bi. L'enfant demande à sa sœur plus vieille de cinq ans « c'est combien zéro ? » et n'obtient pas une réponse satisfaisante, puisque sa sœur lui dit « zéro c'est zéro, zéro c'est rien », l'enfant ne comprend rien, justement, puisqu'il sait que zéro est un chiffre, il sait que zéro c'est quelque chose, alors il demande « c'est combien zéro ? » et sa sœur répond « zéro c'est zéro, zéro c'est rien », l'enfant ne comprend pas que zéro est le chiffre du rien, comment une telle chose est-elle possible de toute manière, il comprend plutôt, si comprendre est le bon mot, que sa sœur ne veut pas répondre à la question, il comprend plutôt que sa sœur réduit son interrogation à néant, « zéro c'est zéro », qu'elle dit, sa sœur, comme Julie Masse qui chante « c'est zéro, c'est zéro », comme Julie Masse qui à la même époque chante « je pourrais passer ma vie à tourner les pages, à chercher qui je suis dans d'autres visages ».

« Zéro c'est zéro, zéro c'est rien », qu'elle dit, sa sœur, et l'adulte qui tient le pousse-mine et qui raconte la scène dans le livre en train de s'écrire, cet adulte-là fait du souvenir un emblème, il pense qu'il y a dans cette scène la vertigineuse découverte du vide, l'adulte pense que le souvenir ne renvoie peut-être pas à un événement qui s'est réellement produit, l'adulte pense que la recherche du zéro concerne la recherche du temps d'avant, le temps d'avant le début de l'histoire de l'enfant dans sa maison située sur la rue Médard-Bourgault à Sainte-Rose avec sa mère, son père, sa sœur et grand-papa Bi ; zéro, c'est le temps d'avant le début de l'histoire, qu'il se dit, c'est le temps d'une préhistoire impossible à atteindre, une préhistoire mystérieuse durant laquelle on a été un chou dans la terre ou un petit corps dans le ventre d'une autre mère, pas-la-nôtre.

Et sa sœur qui répond « zéro c'est zéro, zéro c'est rien », et l'enfant fâché devant le déséquilibre des savoirs insiste, il demande encore à sa sœur de lui dire c'est combien zéro, sinon, sinon, sinon, « sinon quoi ? » qu'elle demande, sinon rien, sinon zéro, parce que l'enfant est un doux, « dis-moi c'est combien zéro ! » qu'il dit à sa sœur qui n'en finit plus de lui répondre que c'est rien, que zéro c'est zéro, « tu vas voir ce que tu vas voir », qu'il dit, l'enfant fâché, « tu vas voir ce que tu vas voir, quand je vais être plus vieux que toi », qu'il dit, l'enfant fâché, dans l'ignorance du temps et des nombres, « tu vas voir ce que tu vas voir, quand je vais être plus vieux que toi, tu vas trouver ça moins drôle », qu'il dit à sa sœur, dans un sursaut de courage qui le projette en avant, hors de lui, hors du temps, « dis-moi c'est combien zéro, je te donne cinq secondes pour me le dire, je te donne cinq secondes pour me dire c'est combien zéro, sinon, sinon, sinon », qu'il dit à sa sœur, « je te donne cinq secondes pour me le dire : cinq, quatre, trois, deux, un, un, un, un, un », qu'il dit, « je te donne cinq secondes : cinq, quatre, trois, deux, un, une demie, deux demies, trois demies, quatre demies, cinq demies, tu vas voir quand je vais être plus vieux que toi, tu vas trouver ça moins drôle ».

Un autre jour, l'enfant demande à sa mère : « quand tu vas être vieille, vas-tu être ma grand-mère ? »

Dans le même sous-sol de la même maison située sur la rue Médard-Bourgault à Sainte-Rose, l'enfant demande à sa sœur de lui dessiner une lettre, « dessine-moi une lettre », qu'il demande à sa sœur, comme le Petit Prince qui demande à l'aviateur de lui dessiner un mouton, « dessine-moi une lettre », qu'il demande à sa sœur, et sa sœur lui demande « quelle lettre ? », « une lettre ! » qu'il répond, l'enfant, « dessine-moi une lettre ! » qu'il demande à sa sœur, sans répondre à la question de sa sœur concernant la lettre en particulier qu'il veut qu'on lui dessine, alors sa sœur lui dessine un « L », un « L » comme dans Louis, « tiens ta lettre ! » qu'elle dit, et l'enfant n'est pas satisfait, comme il n'était pas satisfait de la réponse de sa sœur concernant la quantité de zéro, ce n'est pas une lettre comme ça qu'il veut qu'on lui dessine, alors il va voir sa mère et lui demande de lui dessiner une lettre, peut-être qu'elle comprendra, elle, et la même question survient : « quelle lettre ? », « une lettre ! » qu'il répond, l'enfant, lui qui ne connaît pas l'alphabet à cette époque-là, avant la maternelle, quand Julie Masse chante « c'est zéro », quand Julie Masse chante « je pourrais faire comme les autres et fermer le livre », en 1990. Sa mère lui dessine un « D », un « D » comme Daniel, un « D » comme dans son nom à elle, Linda ; Daniel et Linda, deux noms qui se ressemblent quand on regarde ça de plus près – on a d'abord écrit « de plus père », on a rayé « père » et on a écrit « près », il faut avancer, il faut avancer quand même, sinon on n'en finira jamais –, sa mère dessine un « D », un « D » comme dans Daniel, un « D » comme dans son nom à elle, Linda ; Daniel et Linda, Daniel et Linda, deux noms qui se ressemblent à une lettre près, la lettre « e », la marque du féminin, « e » comme « elle », « elle » comme dans Louis-Dani'elle, sa mère dessine la lettre « D », une lettre de son nom, de son nom à lui, de son nom à elle, mais ce n'est pas cette lettre-là qu'il cherche, « c'est pas ce que je cherche ! » qu'il dit à sa mère, l'enfant, comme le petit garçon dans *Passe-Partout*, le petit garçon qui cherche sa main, le petit garçon qui dit « je cherche quelque chose ! » et qui ne cherche ni sa chaise ni sa poupée ni sa pomme,

« c'est pas ce que je cherche ! » qu'il dit, le petit garçon dans *Passe-Partout*, il cherche sa main, sa main apparaît à l'écran à côté du mot « ma », il dit « ma main ! ma main ! », et le mot main remplace l'image de la main, les enfants qui regardent *Passe-Partout* peuvent ainsi faire le lien entre les mots et les images, « ma main, ma main ! » ; mais lui, l'enfant de l'histoire, il ne cherche ni sa main ni son nom, il cherche une lettre et pas n'importe laquelle ; sa mère lui dessine la lettre « D », mais ce n'est pas la lettre qu'il cherche, alors il va voir son père, et le manège continue, son père lui dessine un « G », un « G » comme dans Godin, ce n'est pas cette lettre-là non plus qu'il cherche, il va voir son grand-père, grand-papa Bi, qui lui dessine une lettre à son tour, grand-papa Bi lui dessine un « O », un « O » comme dans Ouimet, et voilà que l'adulte qui écrit se dit que le nom est lancé, qu'on ne peut plus reculer, le vrai nom est là, on ne peut pas faire autrement, il est là, on ne peut pas le changer, on se demandait s'il allait falloir inventer un nom, mais la main ne veut pas, il faut faire avec le nom qu'on porte, il faut faire avec la main, « ma main ! ma main ! », il faut avancer, et pour avancer il faut reculer, il faut revenir au grand-père, il faut revenir à grand-papa Bi qui dessine un « O » et à l'enfant qui dit « non, pas une lettre comme ça ! ». Sa sœur, sa mère, son père et son grand-père ont dessiné les initiales de son nom, « pauvre enfant, il cherche son nom », qu'elle se dit, sa famille, il cherche son nom mais il ne le trouve pas, il ne le trouvera jamais, il va passer sa vie à tourner les pages, il va passer sa vie à changer de peau, peut-être qu'il cherche son autre nom, le nom porté durant les cinq premiers jours, le nom de sa préhistoire, son nom zéro, le nom donné par son autre mère pas-la-sienne ?

À bout de misère - on a d'abord écrit « à bout de mère », mais il faut avancer, il faut avancer quand même - à bout de misère, l'enfant parvient à gribouiller quelque chose qui ressemble à la lettre qu'il cherche, mais c'est difficile, ce n'est pas tout à fait ça, ce n'est pas tout à fait pareil, c'est dessiné tout croche, il gribouille quelque chose qui ressemble à un X, quelque chose qui ressemble à un X dans un rectangle, comme s'il voulait dessiner la feuille sur la feuille, comme s'il voulait dessiner la feuille et dessiner le X dans le dessin de la feuille, « une lettre comme ça ! » qu'il dit, et quelqu'un finit par comprendre, quelqu'un finit par comprendre qu'il veut qu'on lui dessine une enveloppe, pas une lettre, un X dans un rectangle ça ressemble à une enveloppe, « une enveloppe ! tu veux qu'on te dessine une enveloppe, pas une lettre ! » qu'on lui dit : une enveloppe, une enveloppe comme on envoie au père Noël, oui, une enveloppe pour envoyer une lettre au père Noël, pour demander au père Noël de lui dire c'est combien zéro, peut-être.

Les raisons pour lesquelles l'enfant voulait qu'on lui dessine une enveloppe sont perdues, tout à fait perdues, mais il faut avancer, il faut avancer quand même, sinon, sinon, sinon.

1

Dans le carnet de bébé bleu, on trouve des témoignages, des dates, quelques photos et une mèche de cheveux de l'enfant. Dans le carnet de bébé bleu rangé au fond d'un tiroir on peut trouver documentée l'arrivée de l'enfant dans la famille Godin-Ouimet et toutes sortes de premières choses qui le concernent : première coupe de cheveux, premiers mots, premier Noël. Dans le carnet de bébé bleu rangé au fond d'un tiroir, on trouve sa première lettre au père Noël, une lettre écrite directement dans le carnet de bébé bleu, une lettre qui ne s'est jamais rendue au père Noël, une lettre sans enveloppe, comme si le père Noël pouvait tout voir et tout entendre, « comme le petit Jésus dans ton cœur », le petit Jésus qui voit tout et entend tout, les mots et les pensées – il faut faire attention. Dans le carnet de bébé bleu, on trouve la première lettre de l'enfant adressée au père Noël, c'est une lettre qui se trouve là pour documenter le premier Noël de l'enfant, mais elle documente surtout l'état d'esprit des gens autour de lui, c'est une lettre dans laquelle on ne trouve pas une liste de jouets que le père Noël pourrait fabriquer dans son atelier du Pôle Nord, c'est plutôt une lettre dans laquelle s'expriment des souhaits parentaux ; l'enfant ne peut pas encore demander de jouets, il ne peut rien demander du tout parce qu'il ne sait pas encore parler, il n'a pas encore un an, c'est son premier Noël, l'enfant ne demande rien lui-même, c'est sa mère qui parle à travers lui dans la lettre adressée au père Noël, la lettre qui se trouve dans le carnet de bébé bleu qu'on consulte aujourd'hui, trente-trois ans plus tard.

On va y arriver, à la lettre au père Noël dans le carnet de bébé bleu, mais là surgit le souvenir d'une requête de l'enfant à sa mère en plein Carrefour Laval, une requête pour un cadeau de Noël en particulier, on est plus tard, quand l'enfant peut parler et souhaiter des choses à voix haute, on est plus tard mais pas trop tard, parce que l'enfant croit encore au père Noël, au rôle du père Noël dans la distribution des cadeaux, à la fabrication des cadeaux dans l'atelier du Pôle Nord, on est plus tard et l'enfant exprime à sa mère son désir pour un cadeau de Noël dispendieux, peut-être une voiture téléguidée ou quelque chose comme ça, et devant le souhait de l'enfant la mère émet des réserves, la mère ne peut pas promettre à l'enfant qu'il aura une auto téléguidée pour Noël, une auto téléguidée ou quelque chose comme ça d'aussi dispendieux, « c'est cher », qu'elle dit à l'enfant, « une auto téléguidée, c'est cher, c'est vraiment pas donné », qu'elle dit, mais c'est pourtant le père Noël qui apporte les cadeaux, qu'il se dit, lui, l'enfant, il ne comprend pas comment son auto téléguidée pourrait être trop chère, alors il dit à sa mère que le père Noël va s'occuper de t'ça, il informe sa mère de la logique des cadeaux, il lui dit qu'elle n'a pas à s'inquiéter pour le prix de l'auto téléguidée, « c'est le père Noël qui va s'occuper de t'ça », qu'il dit à sa mère, « mais il faut bien que maman le paye, le père Noël », qu'elle dit à l'enfant pour résoudre cette histoire de cadeau trop cher souhaité à voix haute au Carrefour Laval, « il faut bien que maman le paye, le père Noël », qu'elle dit à l'enfant qui a l'air de croire que le père Noël peut apporter n'importe quel cadeau à condition qu'on ait été gentil cette année-là, « c'est pas toi qui payes, c'est le père Noël », qu'il dit à sa mère, l'enfant, pour lui rappeler la logique des cadeaux : il y a les cadeaux offerts par les parents et les cadeaux offerts par le père Noël, c'est ce qu'on lui a appris, « faut bien que maman le paye, le père Noël », qu'elle dit, sa mère.

Quand sa mère lui annonce qu'elle n'a pas assez d'argent pour acheter quelque chose, il arrive à l'enfant de lui dire d'aller au guichet automatique, « t'as juste à aller au guichet », qu'il dit à sa mère des fois, dans l'ignorance des choses et des nombres, « t'as juste à aller chercher de l'argent au guichet automatique » : c'est ce qu'il dit à sa mère, des fois, imaginant qu'au guichet automatique on donne automatiquement de l'argent à celles et ceux qui prennent le temps d'y aller, il ne comprend pas la pauvreté, alors qu'il en vient, de la pauvreté, alors que sa préhistoire en est une, de pauvreté, on donne son enfant en adoption quand on est trop pauvre, c'est ce qu'il se dit, mais à quoi ça rime, être pauvre, quand les guichets automatiques donnent de l'argent, à quoi ça rime, être pauvre, quand le père Noël fabrique les cadeaux aux enfants gentils, est-ce que les pauvres sont méchants ?

Quand l'enfant joue à faire l'épicerie avec de l'argent Monopoly et sa caisse en plastique, il aime que les choses se déroulent exactement comme ça : la personne qui achète des aliments donne de l'argent à celui qui fait la caissière, et celui qui fait la caissière, en retour, donne de l'argent à celui qui achète des aliments, l'enfant veut que ça se déroule exactement comme ça, sinon il pleure, il veut que ça se déroule exactement comme ça parce que c'est ce qu'il voit à l'épicerie quand il y va avec sa mère, sa mère qui travaille elle-même à l'épicerie ; si on reçoit de l'argent en retour de notre achat, c'est qu'on a donné plus d'argent que le montant demandé, si on reçoit de l'argent en retour de notre achat, c'est parce qu'on a par exemple donné un billet de vingt dollars pour une commande qui en coûtait dix-huit, on comprend ça aujourd'hui, mais il y a un temps de l'enfance durant lequel on ne comprend pas tout à fait ce système ; tout ce que l'enfant voit, c'est de l'argent donné à la caissière et de l'argent redonné par la caissière, un échange, c'est ce qu'il est habitué de voir au IGA quand il y va avec sa mère, il voit sa mère donner de l'argent à la caissière et la caissière donner de l'argent à sa mère, et quand sa mère travaille, il voit une madame donner de l'argent à sa mère et sa mère donner de l'argent à une madame, alors quand il joue à faire l'épicerie et qu'il paye sa commande en donnant le montant exact sans savoir qu'il vient de donner le montant exact, quand il paye sa fausse épicerie en donnant le montant exact à sa sœur et que sa sœur ne lui redonne rien en retour, rien d'autre que les aliments achetés, il pleure, il pleure devant cette injustice, il pleure parce qu'il ne sait pas encore compter, il y a quelque chose à comprendre là-dedans.

Les enfants naissent dans les choux, on peut acheter des choux à l'épicerie, on peut acheter des enfants.

Mais lors de l'écriture de sa première lettre au père Noël, une lettre au père Noël sans enveloppe, directement rédigée dans le carnet de bébé bleu, on n'en est pas là, on n'en est pas encore là, on n'en est pas encore à comprendre la fonction de l'argent dans l'achat des cadeaux de Noël ou la fonction de l'argent tout court, on n'en est même pas encore à comprendre le langage, les chiffres et les lettres, la preuve : c'est sa mère qui écrit la lettre au père Noël dans le carnet de bébé bleu et non lui, sa mère à travers lui, la mère à travers l'enfant ou l'enfant à travers la mère, c'est la même chose, et dans ses mots, les mots de la mère, on comprend beaucoup de choses ; une fois adulte, quand on lit les mots de la mère, on comprend comment naît le désir, comment le désir de l'un s'entremêle au désir de l'autre, on comprend beaucoup de choses dans les mots de la mère prononcés à travers lui ou ses mots à lui prononcés à travers elle, « cher père Noël », qu'on lit, ça commence comme ça, « cher père Noël », qu'on lit, dans le carnet, c'est écrit au stylo bleu, c'est l'écriture de sa mère, « cher père Noël, pour mon premier Noël je suis trop petit pour choisir mes cadeaux et je suis trop petit pour écrire : c'est maman qui vous écrit pour moi. Je voudrais vous demander seulement beaucoup d'amour, de santé et de bonheur pour mes parents que j'aime et pour ma sœur aussi et mon grand-papa Bi. Le plus beau cadeau, je l'ai reçu l'an dernier quand ils m'ont reçu dans leur famille pour être leur fils. J'espère, et j'en suis sûr, que je serai reconnaissant toute ma vie. Je vous aime. Loulou », c'est ça qu'on lit dans le carnet de bébé bleu, le carnet de bébé bleu rangé au fond d'un tiroir, c'est ça qu'on lit dans le carnet de bébé bleu à la page consacrée au premier Noël de l'enfant, c'est ce que l'enfant demande au père Noël, c'est ce que la mère demande au père Noël, c'est ce que la mère demande à l'enfant, ce sont des mots placés là qui orientent une vie, « j'espère et j'en suis sûr », qu'on peut lire ; qui espère et qui en est sûr ? est-ce le fils ou la mère ? est-ce la mère à travers le fils ou le fils à travers la mère ? est-ce le plus beau cadeau pour la mère ou le plus beau cadeau pour le fils ?

Santé et bonheur pour mes parents que j'aime.

1

Sa mère fait venir un numérologue dans leur nouvel appartement. Un numérologue, c'est comme une voyante qui voit l'avenir dans les chiffres, c'est tout ce qu'il comprend de la numérologie à ce moment-là, l'enfant, au moment de la visite du numérologue.

Mais avant de parler de la visite du numérologue, il faut peut-être parler du nouvel appartement, le nouvel appartement où l'enfant emménage avec sa mère après sa rupture d'avec Marcel, l'homme pour qui elle a laissé son père, il faut peut-être parler de ce nouvel appartement situé à Blainville où l'enfant déménage avec sa mère en plein milieu d'une année scolaire, il faut peut-être dire qu'il s'agit d'un bachelor, c'est-à-dire un appartement situé au demi-sous-sol d'une petite maison neuve qui donne l'impression, lorsqu'on y entre, qu'on entre dans une belle petite maison neuve et non dans un demi-sous-sol, il faut peut-être dire que la mère aimait mieux déménager dans le demi-sous-sol d'une petite maison comme ça que dans n'importe quel bloc appartements pas cher à Laval, il faut peut-être dire qu'il s'agit d'un trois et demie dans lequel l'enfant n'a pas de chambre à lui, il faut peut-être dire que la chambre de l'enfant c'est le salon, un salon pas de porte, il faut peut-être dire que l'enfant préfère de loin dormir sur un divan-lit dans le salon pas de porte d'un demi-sous-sol avec sa mère à Blainville que dans une grande chambre fermée de la maison mobile de Marcel à Fabreville où Marcel pleure et boit et pleure et boit, il faut le dire, il faut peut-être dire aussi que l'enfant aurait tout de même préféré déménager à Fabreville dans n'importe quel bloc appartements où il aurait pu avoir sa chambre à lui et ne pas changer d'école en plein milieu d'année scolaire, il faut peut-être dire que sa mère a laissé beaucoup de choses à Marcel et s'est remeublée à neuf chez Brault et Martineau - achetez maintenant, payez plus tard -, il faut peut-être dire que l'enfant n'a pas compris sur le coup qu'il allait dormir dans le salon pas de porte du bachelor, il faut peut-être dire qu'au départ l'enfant imaginait qu'il allait avoir un lit dans la même chambre que sa mère, il faut peut-être dire qu'il a compris qu'il allait dormir dans le salon pas de porte quand il a dû choisir un divan-lit chez Brault et Martineau, il a choisi un beau divan-lit vert, vert comme un billet de vingt dollars, il faut peut-être dire que le vendeur du Brault et Martineau a proposé à sa mère d'acheter un traitement antitaches avec le divan-lit, il faut peut-être dire que sa mère a dit oui, qu'elle a payé le supplément pour l'antitaches, il faut peut-être dire que l'enfant, de temps en temps, laisse tomber une goutte de Seven Up sur le tissu du divan-lit pour la regarder glisser par terre comme de l'eau sur le dos d'un canard, il faut peut-être dire tout ça avant de raconter la visite du numérologue.

Et donc sa mère fait venir un numérologue à la maison. Le numérologue vient à la maison prédire l'avenir de sa mère, mais l'enfant ne sait pas tout à fait où il prend ses chiffres, le numérologue, l'enfant ne sait pas ce qu'il voit dans les chiffres, si les chiffres proviennent des lettres de leur nom ou si les chiffres proviennent du ciel ou si les chiffres proviennent de l'esprit du numérologue, l'enfant ne comprend pas vraiment d'où viennent les chiffres du numérologue puisqu'il fait ses devoirs de mathématiques en retrait, quelques mètres plus loin, dans le salon pas de porte qui est aussi sa chambre, de là il n'entend pas bien les prévisions du numérologue assis à la table de cuisine avec sa mère. Au fil de la soirée, il entend deux ou trois choses dans le discours du numérologue, d'abord une remarque faite en entrant dans le demi-sous-sol, « c'est beau chez vous, Linda ! » qu'il dit, le numérologue, en observant tous les accessoires disposés ici et là : un bibelot, un chandelier, un bouquet de fleurs, un cadre, « c'est beau chez vous, Linda ! » qu'il dit, ce à quoi Linda répond « merci, c'est pas grand-chose ! », c'est ce qu'elle dit, la mère, « ça vient du Dollarama ! » qu'elle dit en pointant plusieurs accessoires qui viennent du Dollarama, c'est ce qu'on se rappelle, on se rappelle la mère et le numérologue tenant un discours nuancé sur le Dollarama, sur les belles choses qu'on peut trouver au Dollarama quand on sait chercher, quand on a de la patience ; on trouve pas juste des cochonneries au Dollarama, qu'elle dit, il y a des belles choses, ça sert à rien de se ruiner pour décorer, « regarde, ça j'ai payé ça un dollar », qu'elle dit, la mère, en pointant un bibelot ; le numérologue est bien d'accord, il connaît ça les chiffres, il renchérit en disant qu'on peut se faire un beau décor sans se ruiner, c'est la seule chose que l'enfant comprend de cette séance de numérologie, « on peut se faire un beau décor sans se ruiner », c'est la seule chose mais c'est pas la seule chose, il y a deux ou trois choses qui ont retenu l'attention de l'enfant, celle-là et deux autres. On se rappelle que le numérologue a dit à la mère que cette année-là, son symbole c'était la tulipe, « cette année Linda, ton symbole c'est la tulipe » qu'il dit, le numérologue, « entoure-toi de tulipes », qu'il dit, le numérologue, c'est son conseil, « il faut que tu t'entoures de tulipes, c'est ton symbole cette année, c'est bon pour toi », qu'il dit, le numérologue ; il dit aussi à la mère qu'elle va rencontrer un Italien dont le nom commence par « L », « tu vas rencontrer un Italien dont le nom commence par "L", Linda », c'est ce qu'il dit, le numérologue, et la mère le prend au sérieux ; quand elle rencontrera Marius, elle va hésiter, « c'est pas mon Lorenzo ! » qu'elle va dire.

C'est à peu près tout ce que l'enfant retient de cette séance de numérologie, c'est à peu près tout mais ce n'est pas tout : juste avant de partir, le numérologue décide de prendre deux minutes de son temps pour faire des prédictions qui concernent l'enfant qui est là, quelques mètres plus loin, en train de faire ses devoirs de mathématiques, c'est un petit bonus avant de partir, alors l'enfant aiguise son attention, le numérologue dit deux choses sur l'enfant, il dit que l'enfant va bien s'adapter à son nouvel environnement, à sa nouvelle vie, « j'espère et j'en suis sûr », qu'il dit, « l'enfant va bien s'adapter, je m'en fais pas pour lui », qu'il dit, mais il faut faire attention à une chose côté santé, qu'il dit, « il faut faire attention », qu'il dit, le numérologue, « il faut qu'il porte une attention particulière à ses organes génitaux », c'est ce qu'il dit, le numérologue, « je vois quelque chose du côté des organes génitaux », qu'il dit, on s'en souvient bien, comment pourrait-on oublier ce moment où un numérologue parle de nos organes génitaux d'enfant devant notre mère, comment pourrait-on oublier ce moment-là, ce moment où l'on a voulu disparaître dans le sous-sol du demi-sous-sol, ce moment où le demi-sous-sol n'était pas assez creux pour nous cacher, ce moment qui coïncide avec le début du corps qui change, changement qui donne raison au numérologue avec ses prévisions sur nos organes génitaux, nos organes génitaux qui changent comme si on était malade ; il connaît ça, les chiffres, le numérologue, c'est sa spécialité, il doit bien savoir qu'à treize ou quatorze ans le corps change comme si on était malade, comment pourrait-on oublier cette époque où notre corps d'enfant change, cette époque où l'on dort dans le salon pas de porte d'un beau bachelor à Blainville, un trois et demie décoré avec des beaux accessoires du Dollarama, comment pourrait-on oublier cette impression de s'endormir avec entre les jambes le cancer prédit par le numérologue, comment se fait-il qu'on avait de l'argent pour faire venir un numérologue ?

2

L'ENFANT PREND UN CHOCOLAT dans le contenant en plastique noir sur le comptoir du Club Vidéotron, à côté de la caisse, il faut mettre une pièce de deux dollars dans le contenant en plastique noir, ça existe depuis pas longtemps, les pièces de deux dollars, avant c'était en papier, on dirait une cenne noire coincée dans un washer, l'enfant pousse parfois très fort au centre, il rêve de faire un trou dans la pièce et de montrer ça à ses amies, il rêve de faire deux pièces avec une pièce. Il faut mettre une pièce de deux dollars dans le contenant en plastique noir sur le comptoir du Club Vidéotron si on veut prendre un chocolat, c'est pour une fondation ou une bonne cause, Mira, les Amputés de guerre, quelque chose comme ça ; il faut mettre une pièce de deux dollars dans le contenant en plastique noir pour avoir droit au chocolat, mais contrairement à la machine à gommes ou à la machine à collants ou à la machine à glu dont il faut actionner le mécanisme en y insérant une pièce de monnaie, procédure essentielle pour accéder à l'article convoité, la gomme, le collant, la glu, contrairement à ces machines qui exigent de tourner une manivelle, la pièce de monnaie n'est pas nécessaire pour accéder aux chocolats à la menthe dans le contenant en plastique noir sur le comptoir du Club Vidéotron, le chocolat enveloppé dans un papier d'aluminium vert est là, accessible, c'est un chocolat à la menthe qui a lui-même la forme ronde et aplatie d'une pièce de deux dollars, on fait confiance aux clientes et aux clients, et ce matin-là, pendant que son père paye pour la cassette et que l'employé est occupé à faire payer la cassette à son père, l'enfant prend un chocolat à la menthe dans le contenant en plastique noir et le met dans sa poche, ça reste comme ça pour l'instant.

L'autre jour il a fait semblant d'être malade parce qu'il avait trop honte d'aller à l'école, c'était le jour de l'activité de rollerblade prévue pour celles et ceux qui avaient le droit d'y participer, lui n'avait pas le droit parce qu'il avait accumulé cinq X rouges sur le tableau où Margot Turcotte inscrit les bons coups et les mauvais coups des élèves. Ses cinq mauvais coups à lui, c'est qu'il a oublié de faire signer des papiers à ses parents en arrivant à la maison le soir, des dictées, des examens, des affaires de même, il a oublié, il ne sait pas comment faire pour arrêter d'oublier, il oublie et personne à la maison ne met le nez dans son sac d'école, ses parents sont trop sur le point de divorcer pour penser à lui demander s'il a des papiers à leur faire signer, eux aussi oublient ces affaires-là, alors il oublie ces affaires-là lui aussi ; quand il rentre le soir, il descend jouer au

Nintendo et il oublie toutes ces histoires de papiers à faire signer aux parents, et ce mois-là il a oublié cinq fois, et à cause de ça il ne peut pas participer à l'activité de rollerblade dans la cour d'école ; il a trop honte d'aller à l'école ce jour-là, honte de se ramasser dans la salle de classe à faire des équations mathématiques tout l'après-midi avec les autres pas fins, les autres oublieux d'affaires, les autres ramasseux de X rouges, les autres petits gars pas capables d'obtenir des étoiles ou des cœurs, pendant que les bons élèves font du rollerblade au gros soleil, alors il fait semblant d'être malade ce matin-là.

Mais il faut peut-être dire que le jour où il a obtenu son cinquième X rouge, il s'est mis à pleurer en classe, assis à son pupitre, devant tout le monde, il n'a pas pu se retenir, c'est sorti tout seul ; au milieu de ses larmes, il a essayé quelque chose, comme une ultime tentative de convaincre Margot Turcotte de le laisser participer à l'activité de rollerblade dans la cour d'école, une tentative de lui montrer que son système était défaillant, il pleurait et il a dit : « mais je pensais qu'on avait droit à cinq X rouges, t'as dit qu'après cinq X rouges, seulement *après*, on était puni », il a essayé ça, ça lui semblait logique, ça lui trottait dans la tête depuis un moment, cette frontière incertaine entre le cinquième X rouge et le sixième X rouge, mais Margot Turcotte n'a pas changé d'idée, elle a défendu son système devant la classe, « j'ai jamais dit que vous aviez droit à cinq X rouges, j'ai dit qu'après cinq X rouges il y avait une conséquence », qu'elle a dit, « *après* cinq X rouges », qu'il a répondu, l'enfant, en insistant sur le mot « après » : « on n'est pas *après*, on est *pendant* », qu'il a dit en pleurant, « on est *dedans* le cinquième X rouge », qu'il a dit, et Margot Turcotte était mal à l'aise, mal à l'aise devant les pleurs de l'enfant, mais elle n'a pas changé d'idée pour autant, tout le monde avait bien compris qu'il ne fallait pas atteindre cinq X rouges, même lui, même lui avait compris, il avait compris la règle mais la trouvait imprécise, il espérait qu'une fois l'imprécision révélée, on allait lui permettre de participer à l'activité de rollerblade dans la cour d'école, il espérait qu'on oublie ses oublis, mais en vain, et les jours suivants, l'enfant s'est rendu à l'école avec la honte d'être identifié au tableau comme un de ceux qui n'allaient pas avoir le droit de participer à l'activité de rollerblade dans la cour d'école, il allait devoir rester en classe à faire des équations mathématiques tout l'après-midi avec les autres pas fins.

Alors au matin de l'activité il fait semblant d'être malade et son père est découragé parce que c'est la mère qui s'occupe de ces affaires-là d'habitude, et ce matin-là elle n'est pas à la maison, elle est partie travailler tôt au IGA, et donc l'enfant fait semblant d'être malade et le père s'en doute, mais il ne peut pas prendre de chance, il ne sait pas quoi faire de son fils, il cherche, il pense, il appelle la voisine, la mère de Marc-Olivier, la mère au foyer, il lui demande si elle ne pourrait pas s'occuper de Louis-Daniel aujourd'hui, parce qu'il est malade, « je dois aller travailler », qu'il dit, elle veut bien, alors l'enfant passe la journée avec la mère de Marc-Olivier, il la suit partout, il va faire des courses avec elle, il marche lentement, il se force à tousser, il découvre plein de nouvelles choses, des choses pas pareilles, des choses qu'on accomplit différemment dans la famille de Marc-Olivier, des choses insignifiantes qui ont un gros effet sur l'enfant. Par exemple, quand on fait le plein d'essence dans sa famille à lui, on choisit la station d'essence libre-service et non la station d'essence avec service, c'est une manière d'économiser deux dollars, les deux dollars qu'il faut donner à l'employé de la station d'essence qui fait le plein à notre place, mais la mère de Marc-Olivier, elle, elle choisit la station d'essence *avec* service, parce qu'elle trouve ça important que les jeunes qui travaillent là puissent travailler là, et si toutes les stations d'essence étaient libre-service, qu'elle dit, il y aurait moins d'emplois pour ces jeunes-là, la mère de Marc-Olivier est contente de les encourager en leur donnant deux dollars, l'enfant n'avait jamais vu ça de même, il n'était même jamais entré dans une station d'essence avec service, mais il est bien d'accord avec la mère de Marc-Olivier, la prochaine fois il compte reprocher à son père d'aller à la station d'essence libre-service qui empêche les jeunes de travailler là, mais pour l'instant l'enfant fait les courses avec la mère de Marc-Olivier, et après avoir fait le plein, il va au IGA avec elle, le IGA situé sur le boulevard Curé-Labelle à Sainte-Rose, le IGA où sa mère travaille, c'est un endroit familier ; la mère de Marc-Olivier salue la mère de Louis-Daniel en rentrant, « salut Linda ! » qu'elle dit, « salut Linda ! » qu'elle répond, sa mère, elles ont le même nom ; la mère regarde son fils, « ça va pas ? » qu'elle demande, compatissante, sa mère, « ça va pas fort fort ? » qu'elle dit à son fils : elle voit juste, ça ne va pas du tout, l'enfant pas malade a peur qu'on découvre qu'il n'est pas malade, ça le rend malade, de ne pas être malade, ça ne va pas du tout, il a peur qu'on découvre que ça va, ça s'embrouille, « merci de garder mon garçon, Linda ! » qu'elle ajoute, sa mère, « ça me fait plaisir, Linda ! » qu'elle répond, la mère de Marc-Olivier, « c'est un ange, cet enfant-là ! » qu'elle ajoute, Linda, le plaisir est au rendez-vous, « à bientôt Linda ! », « à bientôt Linda ! », on s'échange des politesses comme ça alors que l'enfant se sent mal, lui, il regarde par terre, il tousse un peu, il fait semblant d'être malade, il a un peu honte, il a peur qu'on découvre le subterfuge, mais la honte aurait été plus grande à l'école, devant les autres élèves et devant Margot Turcotte, la honte aurait été plus grande s'il était resté tout l'après-midi à faire des équations mathématiques avec les autres pas fins ; enfin, après l'échange des politesses, dans cet endroit familier, le IGA sur le boulevard Curé-Labelle à Sainte-Rose, la mère de Marc-Olivier fait quelque chose d'inusité, quelque chose de très différent de sa mère ou de son père, de très différent de tout le monde qu'il connaît : elle prend un bonbon dans le présentoir à bonbons au milieu de l'épicerie, le présentoir à bonbons où l'on peut prendre un bonbon à condition de mettre dix cennes par bonbon dans une petite boîte en métal fixée au présentoir ; c'est la seule chose dans l'épicerie qu'on peut consommer sans passer à la caisse, on fait confiance aux clientes et aux clients, c'est un présentoir à côté duquel l'enfant passe toujours sans prendre de bonbons, ça pourrait gâcher son souper, qu'elle dit, sa mère, d'habitude, mais la mère de Marc-Olivier, elle, elle prend un bonbon dans le présentoir à bonbons sans insérer une pièce de dix cennes dans la petite boîte en métal, elle le mange et elle dit que c'est pas grave de pas payer quand on en prend juste un, « c'est pas grave de pas payer quand on en prend juste un ».

C'est peut-être ça qu'il a en tête le matin où il prend un chocolat à la menthe dans le petit contenant en plastique noir sur le comptoir du Club Vidéotron, à côté de la caisse, sans déposer une pièce de deux dollars pour la Fondation Mira ou les Amputés de guerre, et l'histoire en resterait là s'il n'avait pas eu l'idée, une fois revenu dans la Saturn rouge vin de son père, de sortir de sa poche le chocolat, c'est-à-dire de l'exhiber aux yeux de son père qui lui demande où c'est qu'il a pris ça, ce chocolat-là, « d'où est-ce que tu sors ça ? », et l'enfant explique à son père que ça vient du Club

Vidéotron, que c'est correct quand on en prend juste un, que c'est la mère de Marc-Olivier qui l'a dit, « c'est pas grave de pas payer quand on en prend juste un », qu'elle a dit, « c'est pas grave de pas payer quand on en prend juste un », qu'il dit à son tour, mais en même temps qu'il parle, qu'il explique cette règle à son père, il n'est pas entièrement convaincu de sa théorie, et il ne devait pas être tout à fait convaincu tantôt non plus, parce qu'il a tout de même attendu que son père et l'employé regardent ailleurs avant de prendre le chocolat à la menthe dans le contenant en plastique noir pour le mettre dans sa poche ; mais comment cette incertitude peut-elle cohabiter avec son aisance à sortir le chocolat de sa poche une fois assis dans la Saturn rouge vin de son père, c'est là un mystère encore irrésolu ; il explique malgré tout sa théorie à son père, comme il a expliqué à Margot Turcotte son observation concernant le cinquième X rouge, la frontière incertaine entre le cinquième X rouge et le sixième X rouge, entre les fins et les pas fins, entre faire du rollerblade dans la cour d'école et des équations mathématiques dans la classe tout l'après-midi, il explique à son père que c'est correct quand on en prend juste un, mais ça s'embrouille dans sa tête : il apprend sans le savoir qu'on peut croire deux choses contraires en même temps, qu'on doit parfois assumer ses choix, des choix qui s'expriment spontanément, comme ça, parce que tout à coup on a vraiment envie d'un chocolat à la menthe et qu'un chocolat à la menthe est là devant soi et qu'on peut le prendre parce que la mère de Marc-Olivier a dit qu'on peut en prendre un, juste un, que c'est pas grave quand on en prend juste un, « mais d'où est-ce que tu sors ça, où est-ce que t'as pris ça, tu vas pas commencer ça, c'est pas vrai, tu vas aller me reporter ça tout de suite, mon fils c'est pas un voleur ».

Et la honte est trop grande à l'idée de retourner au Club Vidéotron remettre le chocolat à la menthe dans le contenant en plastique noir à côté de la caisse, « tu peux pas me faire ça », qu'il dit à son père, et il pleure, « tu peux pas me faire ça », qu'il dit en pleurant, et il demande à son père une pièce de deux dollars, ça il peut l'imaginer : retourner au Club Vidéotron non pas pour rendre le chocolat à la menthe, mais pour déposer deux dollars dans le contenant en plastique noir en s'excusant d'avoir oublié de payer ça tantôt ; le père n'est pas content, il est fâché noir, noir comme le contenant en plastique noir, mais peut-être qu'il a un peu d'empathie ce matin-là, son père, peut-être qu'il ramollit devant les pleurs de son fils qui vient d'apprendre une leçon, parce que voilà qu'il fouille dans ses poches en se tortillant sur le siège de sa Saturn rouge vin et qu'il trouve, ô joie, ô bonheur, une pièce de deux dollars pour que son fils paye son chocolat dans le contenant en plastique noir sur le comptoir du Club Vidéotron au lieu de simplement le rapporter comme un voleur découvert, c'est ce qu'il fait, il a honte quand même, il sort de la Saturn rouge vin de son père et il se rend la tête basse au Club Vidéotron, en vitesse, il se rend à la caisse et dépose la pièce de deux dollars dans le contenant en plastique noir en disant « j'ai oublié de payer ça tantôt », il retourne s'asseoir dans la Saturn rouge vin de son père où son père est encore fâché noir, et c'est tout ce qu'on peut en dire puisque ce qui s'est passé avant et après est tout à fait perdu, c'est ce moment-là, ces quinze minutes où il rentre au Club Vidéotron, vole un chocolat à la menthe au comptoir, le sort de ses poches dans la voiture sous les yeux de son père, retourne le payer, c'est ce moment-là, celui-là seulement, et non pas le moment où il mange le chocolat comme tel, c'est ce moment-là, celui-là seulement, dont on se souvient.

À la même époque, un peu plus tard sûrement, sa sœur a un tiroir rempli en permanence de barres de chocolat, des Oh Henry!, des Caramilk, des Reese, des Jersey Milk ; elle dit, sa sœur, que la mère de son chum Maxime travaille à l'usine de barres de chocolat et qu'elle ramène toujours des barres de chocolat à la maison de Maxime. Les barres de chocolat dans le dernier tiroir de la commode à sa sœur sont des barres de chocolat qui proviennent de l'usine de barres de chocolat, et c'est Maxime, dont la mère travaille à l'usine de barres de chocolat, qui les a données à sa sœur. Cette histoire apparaît inusitée à l'enfant, farfelue, un peu folle, mais quand même, il est content d'aller chercher une fois de temps en temps une barre de chocolat dans le dernier tiroir de la commode à sa sœur, quand elle est sortie, ou quand elle dort, comme cet autre matin, avant de partir pour l'école ; c'est sa mère qui lui dit d'aller chercher une barre de chocolat dans le dernier tiroir de la commode à sa sœur pour la mettre dans son sac à lunch ; la boîte de gâteaux Vachon est vide, elle doit faire l'épicerie ce soir au IGA situé sur le boulevard Curé-Labelle à Sainte-Rose, après son quart de travail, mais pour l'instant, il n'y a plus de gâteaux Vachon, la boîte est vide, alors sa mère qui prépare le sac à lunch lui fait un sourire ou un clin d'œil en disant « va te chercher une barre de chocolat dans la chambre à ta sœur », et son sourire est un mystère ; à ce moment-là, l'enfant ne sait pas que sa mère est au courant pour les barres de chocolat dans le dernier tiroir de la commode à sa sœur, l'enfant croit à l'histoire de la mère de Maxime qui rapporte des barres de chocolat de l'usine de barres de chocolat, mais en même temps il a aussi l'intuition qu'un secret règne autour de cette affaire, peut-être lié au chocolat comme tel et à la possibilité d'en manger n'importe quand, alors quand sa mère lui dit d'aller chercher une barre de chocolat dans la chambre à sa sœur pour la mettre dans son sac à lunch à la place d'un gâteau Vachon, et qu'elle lui fait un sourire ou un clin d'œil, l'enfant est étonné, il est étonné de la complicité de sa mère, parce qu'elle ne devrait pas croire, elle, que la mère de Maxime travaille dans une usine de barres de chocolat, elle devrait savoir, elle, que sa fille, ma sœur, a volé un dépanneur avec son chum, c'est ce que je me dis aujourd'hui.

2

Il est fort possible qu'en 1996 on donnait un dollar et non deux à l'employé de la station d'essence avec service pour qu'il fasse le plein à notre place, deux dollars est peut-être un montant exagéré, et c'est peut-être un dollar seulement que donnait la mère de Marc-Olivier aux jeunes qui travaillaient là, peut-être que la mère de l'enfant n'a jamais su pour le tiroir rempli de barres de chocolat, aujourd'hui ça ne lui dit rien du tout cette histoire, lorsqu'on la lui raconte, la mémoire est ingrate, peut-être qu'elle n'a jamais souri en disant à l'enfant d'aller chercher un chocolat dans la chambre à sa sœur, peut-être que le sourire vu est un sourire imaginé, et peut-être qu'un chocolat de la Fondation Mira ou des Amputés de guerre tel qu'on en trouvait à côté de la caisse au Club Vidéotron coûtait un dollar et non deux, peut-être qu'on ne trouvait aucun chocolat au Club Vidéotron et qu'il s'agissait plutôt d'un Club Vidéo International ou d'un Blockbuster, peut-être que le chocolat ne goûtait même pas la menthe, peut-être que le chocolat goûtait l'orange, comment savoir, puisque le souvenir d'avoir mangé le chocolat est entièrement perdu, il faut avancer, il faut avancer quand même, et je peux vous dire que le carnet de bébé bleu était rouge et non bleu, on peut le dire, on peut dire je, je peux dire ça, je peux dire je, ça n'a aucune importance, j'ai menti sur la couleur, j'ai mieux aimé écrire bébé bleu, bébé bleu, bébé bleu, babillage, je peux vous dire ça, voilà, je le dis, voilà : j'ai changé la couleur du carnet, j'ai voulu que la couleur fasse vibrer les lèvres quand on la dit, bébé bleu, je n'ai pas voulu que ça soit une couleur de gorge, bébé rouge, j'ai changé plein de choses, je n'ai rien changé, je n'ai rien inventé de mon désir de percer la pièce de deux dollars, j'ai tout inventé, je n'ai rien inventé du tout.

4

Il sait que sa mère a des problèmes financiers depuis qu'elle a laissé Marcel, l'homme pour qui elle a laissé son père, elle a des problèmes financiers parce qu'elle s'est endettée pour Marcel, elle a même fait faillite. Il n'avait jamais entendu ce mot-là appliqué à la situation d'une personne, il savait qu'une compagnie pouvait faire faillite, mais il ne savait pas qu'une personne le pouvait, il va finir par l'apprendre plus tard, dans son cours d'économie de secondaire cinq, mais il n'est pas encore rendu là, il est presque rendu là mais pas encore.

Sa mère a fait faillite parce qu'elle payait des choses à Marcel, ses caisses de bières par exemple, il le sait parce qu'il allait avec elle au dépanneur les acheter, le dépanneur situé à l'entrée du quartier de maisons mobiles où il habitait à ce moment-là avec sa mère et Marcel, le quartier de maisons mobiles qui donne sur le boulevard Dagenais à Fabreville, dans sa maison à lui, la maison mobile à Marcel, et chaque fois qu'elle achetait une caisse de bières pleine, elle rapportait une caisse de bières vides, ou plutôt une caisse pleine de bouteilles vides, des bouteilles qui valaient chacune dix cennes, le prix des bonbons dans le présentoir à bonbons du IGA situé sur le boulevard Curé-Labelle à Sainte-Rose où travaillait sa mère quand il habitait dans le quartier Sainte-Rose avec sa mère, son père et sa sœur, mais à l'époque de Marcel, il habite dans un autre quartier à Laval, le quartier Fabreville, il n'habite plus avec sa mère, son père et sa sœur, il habite avec Marcel et sa mère seulement, et à cette époque-là, sa mère travaille au IGA sur le boulevard Dagenais à Fabreville, le IGA tout près du quartier de maisons mobiles, elle passe d'un IGA à l'autre : d'abord le IGA à Sainte-Rose, ensuite le IGA à Fabreville, et finalement le IGA à Blainville.

Quand sa mère rapporte une caisse de vingt-quatre bouteilles au dépanneur, elle obtient un rabais de deux dollars et quarante sur la nouvelle caisse, et cette nouvelle caisse, elle la ramène à Marcel après l'avoir achetée au dépanneur situé à l'entrée du quartier de maisons mobiles, c'est un Boni-Soir où l'enfant achète lui-même des pétards, des gommes Bazooka et des batteries pour son Game Boy. La nouvelle caisse de bières pleine ne reste pas pleine longtemps, parce que Marcel a l'habitude de boire de la bière tous les jours, tous les jours il pleure et boit et pleure et boit, cela dit, la chose dont il faut maintenant parler – parler n'est pas le bon mot puisqu'il s'agit plutôt d'écrire au pousse-mine jusqu'à s'en épuiser la main –, ce dont il faut parler, c'est plutôt du moment où l'enfant a réalisé que les dix cennes par bouteille sont toujours ajoutées à la facture quand on achète une caisse de bières, « on appelle ça une consigne », qu'elle dit, sa mère, et donc il n'y a pas vraiment de rabais de deux dollars et quarante quand on rapporte une caisse de bouteilles vides au Boni-Soir, c'est plutôt celles et ceux qui ne rapportent pas la caisse de bouteilles vides qui perdent les deux dollars et quarante qui leur ont été chargés au départ, c'est toute une leçon qu'il reçoit, l'enfant, mais puisqu'il est impossible d'acheter la bière sans la bouteille, l'enfant se demande bien pourquoi le prix de la bouteille vide n'est pas inclus dans le prix affiché de la bouteille pleine, pourquoi le prix de la bouteille vide est-il ajouté en cachette sur la facture, comment savoir, ça l'obsède, l'enfant, comment savoir pourquoi ça l'obsède autant ?

Mais ce n'est pas vraiment de ça non plus qu'il faut parler. L'enfant sait que sa mère a des problèmes financiers depuis sa rupture d'avec Marcel, l'homme pour qui elle a laissé son père, alors il essaie autant que possible de ne rien faire acheter d'extravagant à sa mère, il veut lui éviter d'être encore plus endettée, alors quand il fait l'épicerie avec elle au IGA situé sur le boulevard Curé-Labelle à Blainville, leur nouveau IGA dans cette ville où il vit maintenant tout seul avec sa mère depuis sa rupture d'avec Marcel, quand il fait l'épicerie avec sa mère dans ce IGA qui se trouve sur le même boulevard que le IGA à Sainte-Rose, quand il fait l'épicerie avec sa mère dans ce IGA situé sur le même boulevard que l'autre, mais dans une autre ville, vingt kilomètres plus au nord, quand il fait l'épicerie avec sa mère dans ce IGA où elle travaille maintenant, sa mère, il essaie autant que possible de réduire la facture de l'épicerie en disant « non » chaque fois qu'elle lui demande « as-tu besoin de t'ça ? » ; cette fois-là, sa mère le lui demande à plusieurs reprises, une bonne dizaine de fois, elle lui demande « as-tu besoin de t'ça ? » en pointant des produits dont il n'a pas vraiment besoin, par exemple un pot de compote de pommes ou une boîte de gâteaux Vachon, il se dit que l'important c'est de s'en tenir à l'essentiel pour ne pas endetter sa mère davantage, sa mère qui a fait une faillite personnelle après sa rupture d'avec Marcel, l'homme pour qui elle a laissé son père, il se dit que l'important c'est de ne pas endetter sa mère davantage, sa mère qui n'arrête pas de lui demander « as-tu besoin de t'ça ? » en pointant des produits dont il n'a pas vraiment besoin, il se dit qu'il peut se passer de compote de pommes et de gâteaux Vachon et qu'ainsi sa mère sera peut-être moins endettée et qu'elle va peut-être un peu moins dire qu'elle s'est endettée à cause de Marcel, et peut-être qu'à la longue, à force de désendettement, à force de refuser la compote de pommes et les gâteaux Vachon, à force elle aura peut-être assez d'argent pour déménager du demi-sous-sol à Blainville où elle vit avec son fils, cet appartement où l'enfant dort sur le divan-lit d'un salon pas de porte, le seul appartement qu'elle a trouvé le jour où il a vraiment fallu partir de chez Marcel, parce que là c'en était trop de la mauvaise humeur de Marcel qui sacrait et qui pleurait après avoir bu ses bouteilles de bière achetées au dépanneur situé à l'entrée du quartier de maisons mobiles, l'enfant se dit qu'il peut facilement se passer de compote de pommes et de gâteaux Vachon et des autres affaires du genre que sa mère pointe en disant « as-tu besoin de t'ça ? ».

Mais il a tout de même vraiment envie d'acheter la nouvelle revue de Nintendo 64 qui se trouve dans le présentoir à revues du IGA situé sur le boulevard Curé-Labelle à Blainville, et comme il n'a aucun argent de poche, il se dit qu'à force de refuser tous les produits superflus que sa mère lui propose en disant « as-tu besoin de t'ça ? », non seulement elle sera un peu moins endettée, mais elle aura peut-être un peu de lousse pour acheter la revue de Nintendo 64 dont il a beaucoup plus envie que la compote de pommes et les gâteaux Vachon, la revue de Nintendo 64 dans laquelle se trouvent des codes secrets pour débloquer des niveaux secrets dans les jeux qu'il loue parfois au Club Vidéotron, la revue de Nintendo 64 dans laquelle se trouve aussi une section « correspondances » où d'autres enfants comme lui laissent leur adresse postale pour recevoir des lettres, des enveloppes, et parler de Nintendo 64 ou d'autres choses. On est à l'époque où plusieurs enfants ont Internet et clavardent, mais pas lui, il n'a pas d'ordinateur, lui, mais il aime ça correspondre avec d'autres enfants qui laissent leur adresse dans la section « correspondances » à la toute fin de la revue de Nintendo 64, il a donc très envie de cette revue-là, mais sa mère fait le saut quand elle voit le prix, « quatre piasses ! elle est pas donnée, ta revue ! » qu'elle dit en regardant le prix de sa revue à quatre piasses, et dans son for intérieur l'enfant pense à toutes les économies qu'il vient de faire faire à sa mère en refusant la compote de pommes, les gâteaux Vachon et les autres affaires de même, mais il garde sa logique pour lui parce que sa mère, au même moment où elle fait le saut en disant « elle est pas donnée, ta revue ! », prend la revue et la met dans le panier en lui faisant un sourire ou un clin d'œil, elle est comme ça sa mère, elle est quand même prête à payer quatre piasses pour la revue de Nintendo 64 qui va faire plaisir à son fils, une revue à peu près deux fois plus chère que les autres revues, comme le *7 Jours* ou le *Dernière Heure*, et même si elle est prête à payer et qu'elle s'est exclamée « elle est pas donnée, ta revue ! », même si elle est prête à la lui payer finalement, il s'adonne qu'une fois à la caisse la revue reste au fond du panier pendant qu'elle met les articles sur le tapis roulant, on l'a oubliée là, elle reste au fond du panier pendant que sa mère paye la commande avec sa carte de crédit, elle reste au fond du panier pendant qu'on remplit le panier avec les produits emballés par l'emballeur qui reçoit une pièce de deux dollars si on lui demande de venir porter le panier à l'auto, deux dollars ou un peu moins ; la revue pas payée reste au fond du panier, le panier qu'on amène à l'auto, et l'enfant s'en rend compte une fois que sa mère a fini de payer, mais pas trop tard, il s'en rend compte au moment de remplir le panier avec les produits emballés, alors il ne serait pas trop tard pour la payer, la revue, au lieu de la voler, faire une deuxième transaction, le dire à la caissière, la collègue à sa mère, « oups, on a oublié de payer la revue ! » ; il s'en rend compte un peu tard mais pas trop tard, alors il dit « la revue ! » à sa mère, assez fort pour qu'elle entende, mais pas assez fort pour que la caissière ou l'emballeur entende, alors sa mère lui lance un regard, un regard qui signifie peut-être qu'elle a pas entendu, un regard qui signifie peut-être qu'il a pas parlé assez fort, un regard qui signifie peut-être qu'elle s'est bien rendu compte comme lui que la revue de Nintendo 64 est restée au fond du panier, mais que ça fait bien son affaire, un regard qui signifie peut-être qu'elle travaille assez fort dans ce IGA-là pour prendre une revue gratuitement pour son fils, comment savoir ; il est aussi possible qu'il n'ait jamais dit « la revue ! », mais qu'il l'ait pensé très fort, assez fort pour qu'on ait aujourd'hui en souvenir l'image de l'enfant en train de dire « la revue ! », il est possible qu'il ait pensé « la revue ! », mais qu'il n'ait rien dit par peur qu'on lui demande de retourner la déposer dans le présentoir, la revue, il est possible qu'il n'ait rien dit par peur que sa mère change d'idée, il est possible qu'il ait été complice, il est possible qu'il ait été le seul coupable dans cette affaire, il est possible qu'il ait bel et bien dit « la revue ! », comment savoir, mais dans tous les cas, ça fait bien son affaire à sa mère, qu'on ait volé la revue, qu'elle le sache ou non, qu'elle soit ou non au courant du vol, parce que quatre piasses pour une revue c'est pas donné, c'est ce qu'elle va lui dire dans la voiture quelques minutes plus tard, « quatre piasses pour une revue, c'est vraiment pas donné ».

5

« **J'AI ÉTÉ ADOPTÉ À L'ÂGE DE CINQ JOURS** », c'est toujours comme ça qu'il parle de son adoption quand il en parle. « J'ai été adopté à l'âge de cinq jours », pas seulement « j'ai été adopté », mais bien « j'ai été adopté à l'âge de cinq jours », il a l'impression que cette précision est primordiale, il a l'impression qu'en ajoutant « à l'âge de cinq jours » on n'aura pas l'occasion de s'imaginer à tort toutes sortes de scénarios dramatiques dans lesquels l'adoption serait survenue tardivement dans sa vie, après une enfance misérable, il a l'impression qu'en ajoutant « à l'âge de cinq jours », on n'aura même pas l'occasion de s'imaginer à tort qu'il est un enfant de la DPJ retiré à une famille misérable – « s'imaginer *à tort* » qu'on vient d'écrire au lieu d'écrire seulement « s'imaginer », « à tort » ayant la même fonction qu'« à l'âge de cinq jours » –, il a l'impression qu'en ajoutant « à l'âge de cinq jours », on va tout de suite comprendre que sa famille c'est sa famille, qu'il n'a pas eu une autre famille avant elle, qu'il n'a pas eu une première famille de laquelle il aurait été retiré avant d'être transporté dans une seconde famille, il a l'impression qu'en ajoutant « à l'âge de cinq jours » on va comprendre tout de suite que sa famille c'est sa famille, celle dans laquelle il a été très tôt inscrit, à l'âge de cinq jours.

Il a l'impression qu'en ajoutant « à l'âge de cinq jours », c'est comme ça qu'on va le mieux comprendre qu'il a *toujours* été adopté.

« J'ai été adopté à l'âge de cinq jours », c'est comme ça qu'il parle de son adoption quand il en parle, car il aime ça en parler, il faut bien avouer qu'il aime ça parler de son adoption, c'est une manière d'être un peu différent des autres, et cette précision, « à l'âge de cinq jours », elle permet d'être différent mais semblable, pas trop différent ; quand on est adopté à l'âge de cinq jours, on ne se souvient même pas d'avoir été adopté, il a fallu nous le dire, quand on a été adopté à l'âge de cinq jours, notre adoption précède l'époque où l'on a commencé à comprendre quelque chose du monde qui nous entoure ; il croit qu'en ajoutant « à l'âge de cinq jours », les gens se diront qu'il a presque pas été adopté.

« J'ai été adopté à l'âge de cinq jours », c'est comme ça qu'il parle de son adoption quand il en parle, c'est une manière de signaler qu'il n'a qu'une seule famille, c'est une manière de signaler que sa mère c'est sa mère, que son père c'est son père et que sa sœur c'est sa sœur. Quand on a été adopté à l'âge de cinq jours, on ne parle jamais d'une autre famille qu'on aurait eue avant celle-là, on ne parle jamais de sa mère biologique, de son père biologique, de ses frères et sœurs biologiques, ce monde-là n'existe pas, et en ajoutant « à l'âge de cinq jours », il peut parler de sa mère quand il parle de sa mère, parler de son père quand il parle de son père et parler de sa sœur quand il parle de sa sœur, sans avoir à distinguer les biologiques des adoptifs, et il arrive parfois qu'une personne lui demande quelque chose comme : « tu veux dire ta mère adoptive ? » et cette demande de précision lui fait horreur, « tu veux dire ta mère adoptive ? », cette demande de précision lui fait horreur, horreur, horreur, c'est comme si tout d'un coup sa mère n'était pas sa mère, que son père n'était pas son père et que sa sœur n'était pas sa sœur, la question « tu veux dire ta mère adoptive ? » lui fait tellement horreur, horreur, horreur, qu'il n'arrive pas à répondre simplement « oui » quand on la lui pose, car cela voudrait dire que sa mère deviendrait tout d'un coup non pas seulement sa mère, comme elle l'a toujours été, mais sa mère « adoptive », aussi bien dire qu'elle deviendrait un peu moins sa mère, alors quand on lui demande quelque chose comme « tu veux dire ta mère adoptive ? », il répond quelque chose comme « oui : ma mère. Ma mère c'est ma mère, j'ai juste une mère », zéro c'est zéro.

« J'ai été adopté à l'âge de cinq jours », c'est toujours comme ça qu'il parle de son adoption quand il en parle, toujours mais pas toujours, c'est-à-dire que c'est toujours comme ça qu'il en parle depuis qu'il a commencé à ajouter « à l'âge de cinq jours ». On peut imaginer qu'il n'a pas toujours ajouté « à l'âge de cinq jours », au début il devait dire « j'ai été adopté » tout court, « à l'âge de cinq jours » est une expression qu'il a commencé à utiliser à un moment précis de son histoire, un moment que l'on est en mesure aujourd'hui d'identifier ou de déduire, il a commencé à utiliser cette expression, « à l'âge de cinq jours », après avoir été déstabilisé par le regard de Mathieu Major-Malenfant, un élève de sa classe à qui il s'est confié pendant la récréation, une récréation lors de sa cinquième année du primaire à l'école l'Orée-des-Bois à Fabreville, quartier où il venait d'emménager avec sa mère qui venait de laisser son père pour Marcel ; il a sûrement commencé à ajouter « à l'âge de cinq jours » à partir de ce moment-là où il s'est confié à Mathieu Major-Malenfant durant la récréation ; ce jour-là, la nouvelle enseignante de l'enfant a fait un commentaire sur la soirée de la veille, la rencontre de parents, elle a dit, enthousiaste, que tous les parents ressemblaient à leur enfant, « vous ressemblez tous à vos parents », qu'elle a dit, « sauf toi, Louis-Daniel », qu'elle a dit, « tu dois ressembler à ton père », qu'elle a dit, puisque c'est sa mère blonde qui est allée à la rencontre, sa mère blonde aux yeux verts, Linda, « sauf toi, Louis-Daniel », qu'elle a dit en pensant aux cheveux noirs de Louis-Daniel, à son petit air italien, « sauf toi, Louis-Daniel », qu'elle a dit, sans penser aux enfants adoptés ; tout à coup un écart est apparu entre sa mère et lui, entre sa famille et lui, un écart qu'il a tenté de boucher avec son père, son père qui ne lui ressemble pas davantage que sa mère, son père roux, « oui, c'est ça, je ressemble plus à mon père qu'à ma mère », qu'il a dit, mentant à sa nouvelle enseignante.

C'est ce jour-là qu'il a commencé à ajouter « à l'âge de cinq jours », après s'être confié à Mathieu Major-Malenfant et que Mathieu Major-Malenfant se fût exclamé « je suis désolé, je m'excuse, vraiment ! », comme s'il regrettait d'avoir dit quelque chose qui avait forcé la confession de l'enfant, « je suis désolé, je m'excuse, vraiment ! », avec une expression déplaisante au visage et en faisant des mouvements de mains dans tous les sens, « je suis désolé, je m'excuse, vraiment ! », une réaction que l'enfant n'a pas tout de suite déchiffrée ; pourquoi Mathieu Major-Malenfant réagit-il comme ça ? Pourquoi s'excuse-t-il d'avoir assisté à cette confession à propos de l'adoption, de l'avoir peut-être même suscitée lors d'une conversation assez intime pour qu'on en vienne à se dire des choses comme ça ? Ce qu'il éprouve à ce moment-là, au moment où Mathieu Major-Malenfant réagit à sa confession en disant « je suis désolé, je m'excuse, vraiment ! » en faisant toutes sortes de gestes franchement exagérés avec ses yeux et ses mains, ce qu'il éprouve à ce moment-là est une sorte d'étonnement désagréable, une sorte d'étonnement désagréable dû au fait qu'il s'attendait à provoquer autre chose que ça en se confiant, un étonnement dû au fait qu'il s'attendait plutôt à provoquer de la fascination, peut-être, de la curiosité, peut-être, de la jalousie, peut-être, mais pas ça, pas cette réaction-là, pas cette réaction de stupéfaction, il s'attendait à autre chose qu'à cette réaction inattendue qui lui donne à penser qu'annoncer son adoption consiste à confier un drame, « excuse-moi de t'avoir incité à confesser ce drame », qu'il a eu l'air de dire avec ses yeux et ses mains, c'est ce qu'il a compris de la réaction de Mathieu Major-Malenfant, l'enfant, c'est une réaction que l'enfant a peut-être inventée, comme on invente en partie les réactions des gens quand on porte en soi des sentiments mêlés, comme on invente les réactions des gens sans savoir qu'on les invente, parce qu'on les invente sur le coup, au moment même où les réactions s'expriment, en voyant devant soi une réaction plus grande que la réaction qu'on a vraiment devant soi, « excuse-moi de t'avoir incité à confesser ce drame », qu'il a eu l'air de dire, Mathieu Major-Malenfant, avec ses yeux et ses mains, c'est ce qu'il a compris de la réaction de Mathieu Major-Malenfant, la réaction qu'il a peut-être inventée, et même s'il a inventé en partie la réaction de Mathieu Major-Malenfant, il faut fixer les images, sinon on n'arrive à rien, on n'arrive à rien raconter, on relativise tout, et il faut avancer, il faut avancer quand même.

Il a peut-être inventé en partie la réaction de Mathieu Major-Malenfant, donc, mais il y a toujours une vérité dans la reconstruction, il y a toujours une vérité dans l'invention, c'est ce qu'on croit, et de toute façon on croit ne pas avoir inventé du tout la réaction de Mathieu Major-Malenfant, on croit que c'est effectivement à partir de la réaction de Mathieu Major-Malenfant que l'enfant a commencé à ajouter « à l'âge de cinq jours », comme pour désamorcer la réaction de Mathieu Major-Malenfant, le jaillissement de ses excuses, l'ouverture exagérée de ses yeux et le mouvement de ses mains dans tous les sens ; malheureusement, la réaction de Mathieu Major-Malenfant se trouve en creux de l'expression « à l'âge de cinq jours », le visage de Mathieu Major-Malenfant apparaît et disparaît chaque fois qu'on dit « j'ai été adopté à l'âge de cinq jours » au lieu de dire seulement « j'ai été adopté », on se dit parfois que si on avait ajouté « à l'âge de cinq jours » dès le départ, la réaction de Mathieu Major-Malenfant n'aurait peut-être pas eu lieu, mais pourquoi aurait-on ajouté « à l'âge de cinq jours » si Mathieu Major-Malenfant n'avait pas réagi de cette manière ? Alors l'expression « à l'âge de cinq jours » cherche à annuler toutes les réactions potentielles qui pourraient s'apparenter de près ou de loin à celle de Mathieu Major-Malenfant, on se dit qu'en ajoutant « à l'âge de cinq jours », on annule les réactions semblables à celle-là, les réactions potentielles, mais le drame de l'affaire, c'est qu'en ajoutant « à l'âge de cinq jours », on ramène la réaction de Mathieu Major-Malenfant à la mémoire, l'expression « à l'âge de cinq jours » peut annuler une réaction potentielle, mais elle ne peut pas annuler la réaction première qui apparaît et disparaît chaque fois qu'on dit « à l'âge de cinq jours ».

À la faveur du mouvement de la main surgit une pensée : « à l'âge de cinq jours » n'est pas la seule expression qu'on utilise, on dit aussi « à la naissance », ce sont deux expressions qui ont la même fonction mais qui ne sont pas équivalentes, l'une d'entre elles est un mensonge, l'une d'entre elles essaie de faire disparaître les cinq premiers jours, l'une d'entre elles essaie de rapetisser l'écart.

Mais où était-il durant ces cinq jours-là, entre sa naissance et son arrivée dans la famille Godin-Ouimet ? Où était-il durant ces cinq jours-là ? Comment savoir ? Était-il à l'hôpital ? Était-il dans une famille d'accueil pour les enfants comme lui qui sont adoptés à l'âge de cinq jours ? Il ne sait pas, il sait seulement qu'il est arrivé à l'âge de cinq jours dans cette maison située sur la rue Médard-Bourgault où se trouvait déjà une sœur de cinq ans, il ne sait pas où il était durant ces cinq premiers jours là. Il est arrivé le trente-et-un mai 1987 dans la maison située sur la rue Médard-Bourgault à Sainte-Rose, à l'âge de cinq jours, cinq jours après sa naissance le vingt-six mai 1987, sa naissance dans un hôpital montréalais, et par une sorte d'ellipse temporelle à laquelle on pense en écrivant ces lignes au pousse-mine, on a toujours imaginé que l'arrivée de l'enfant dans la famille Godin-Ouimet cinq jours après sa naissance correspondait tout de même au jour de sa naissance, le vingt-six mai 1987, comme si cinq jours s'étaient écoulés en une seule journée, comme si on était né le vingt-six mai 1987 dans un hôpital montréalais et qu'on était arrivé cinq jours plus tard, le vingt-six mai 1987, dans la maison située sur la rue Médard-Bourgault à Sainte-Rose pour rejoindre la famille Godin-Ouimet, et cette étrange croyance qu'on n'avait jamais pris le temps d'interroger avant de prendre un pousse-mine pour conter, ce pousse-mine qui donne aux souvenirs le temps et l'espace pour se déployer, cette étrange croyance est peut-être liée au fait que chaque année sa mère lui téléphone le jour de son anniversaire pour lui souhaiter bonne fête et lui raconter son arrivée dans la maison située sur la rue Médard-Bourgault à Sainte-Rose : « bonne fête, mon grand ! » qu'elle dit, sa mère, « bonne fête, mon grand ! » qu'elle dit, sa mère, en lui rappelant la température qu'il faisait le jour de son arrivée sur la rue Médard-Bourgault à Sainte-Rose, « il faisait-tu assez beau ! Je m'en souviens comme si c'était hier », qu'elle dit, sa mère, en lui rappelant la température qu'il faisait le jour de son arrivée, une journée de beau temps, une journée de canicule, un beau soleil intérieur, « bonne fête, mon grand ! » qu'elle dit chaque année en lui rappelant cette température-là et en la comparant chaque fois à la température qu'il fait au moment de son coup de téléphone, c'est-à-dire en comparant chaque fois la température du vingt-six mai du coup de téléphone à la température du trente-et-un mai 1987, le jour où il est arrivé dans la maison située sur la rue Médard-Bourgault à Sainte-Rose, la maison de la famille Godin-Ouimet, on fait disparaître cinq jours pour faire apparaître la journée ensoleillée, une journée de soleil dedans-dehors, une journée de joie caniculaire, une journée qui ne correspond pas au jour de sa naissance mais dont on parle le jour de son anniversaire, il y a un écart, une brèche, un trou, il faut bien se tenir sur les bords.

C'est la première fois en écrivant ces lignes au pousse-mine qu'on considère la date du trente-et-un mai 1987 comme une date importante, c'est la première fois que l'on pense à cette date comme étant la date de son arrivée dans la famille Godin-Ouimet vivant à ce moment-là sur la rue Médard-Bourgault à Sainte-Rose, et si on ajoute toutes sortes de précisions, et si on revient souvent en arrière, si on fait deux pas en arrière pour faire ensuite trois pas en avant, c'est pour se donner le temps de calculer sans s'arrêter, sans perdre le fil, c'est le mouvement de la couture, c'est le mouvement de la suture.

C'est la première fois que la date du trente-et-un mai 1987 apparaît comme une date importante, et pour en arriver à ce chiffre-là, pour en arriver à identifier cette date-là comme celle où l'enfant est arrivé dans la famille Godin-Ouimet, il a fallu compter sur les doigts, d'abord compter sur les doigts le nombre de jours dont est constitué le mois de mai en utilisant la méthode des jointures : trente-et-un jours pour la bosse, trente jours pour le creux entre deux bosses ; il a fallu lever légèrement la main droite de la feuille et appuyer l'index de la main gauche sur la première jointure de la main droite ; janvier, trente-et-un jours, ensuite il a fallu glisser le même doigt dans le creux qui se trouve entre la première et la deuxième jointure ; février, vingt-huit jours, ensuite il a fallu répéter le processus pour mars, trente-et-un jours, pour avril trente jours, pour mai trente-et-un jours ; c'est d'abord comme ça que s'est établi le nombre de jours dont le mois de mai est constitué, ensuite il a fallu lâcher carrément le pousse-mine pour compter avec les doigts de la main droite, il a fallu fermer le poing, lever le pouce et penser en même temps « vingt-six », déplier l'index et penser en même temps « vingt-sept », déplier le majeur et penser en même temps « vingt-huit », déplier l'annulaire et penser en même temps « vingt-neuf », déplier le petit doigt et penser en même temps « trente », pour finalement déplier le pouce de l'autre main et penser en même temps « trente-et-un » et regarder le nombre de doigts dépliés : six doigts, ça nous mène à six doigts, comment se fait-il que ça nous mène à six doigts et non à cinq doigts ? Pourquoi six doigts sont-ils dépliés, comme si on avait été adopté à l'âge de six jours et non à l'âge de cinq jours ? On s'est mis à ne plus rien comprendre, à ne plus rien comprendre à l'équation de notre histoire, on n'arrive plus à compter jusqu'à soi ; et après un temps on se dit que c'est peut-être parce qu'on a inclus à tort le jour de la naissance dans le décompte, mais faut-il inclure le jour de la naissance dans le décompte ? Naît-on le jour un ou le jour zéro ? Il faudrait demander à Margot Turcotte qui en sait quelque chose, elle qui a établi tout un système de punition basé sur l'accumulation de cinq X rouges, un système dans lequel l'enfant pensait qu'un couperet était amené à tomber dans le passage du cinquième au sixième X rouge, alors qu'il était plutôt amené à tomber dans le passage du quatrième au cinquième X rouge. Naît-on le premier jour ou le jour zéro de son histoire ? Est-il vraiment arrivé dans la famille Godin-Ouimet à Sainte-Rose le trente-et-un mai 1987 ou bien est-il plutôt arrivé le trente mai 1987 ? comment savoir ? comment savoir si le compte est bon ?

7

L'ENFANT GRATTE UN GRATTEUX sur le tableau de bord de la Toyota Corolla de sa mère, c'est un Sept chanceux acheté au Uniprix, le Uniprix situé sur le boulevard Dagenais à Fabreville. Au Uniprix, sa mère et lui ont acheté quatre bouteilles de Seven Up et un gratteux, c'est sa mère qui paye, mais il a tout de même dû faire semblant d'acheter deux bouteilles de Seven Up *pour lui* à cause de la limite de deux bouteilles de Seven Up par client, au-delà de deux bouteilles de Seven Up par client, on ne profite plus du rabais ; pour acheter quatre bouteilles de Seven Up et profiter du rabais, il faut que la mère achète deux bouteilles et que l'enfant achète deux autres bouteilles, c'est un stratagème élaboré par la mère, elle qui travaille au IGA et qui connaît ça, elle connaît ça, la logique de la caisse. Et la caissière n'est pas dupe, elle sait bien que la mère vient de donner deux dollars à son fils de dix ans pour qu'il achète deux autres bouteilles de Seven Up au rabais, la caissière n'est pas dupe, mais ce n'est pas elle qui fait les lois, sa caisse ne peut pas charger plus de deux bouteilles de Seven Up en rabais par facture, alors pour les deux autres bouteilles il faut émettre une autre facture ; on pourrait faire deux factures à la même personne et berner la caisse, mais on décide plutôt de faire semblant que l'enfant de dix ans est un client du Uniprix, un client indépendant de sa mère, c'est tout un théâtre qu'il faut mettre en place pour accéder au rabais, l'enfant ne s'était jamais considéré comme un client à lui tout seul, il se sent mal, il a l'impression de tricher, il a peur qu'on refuse de lui vendre les deux autres bouteilles de Seven Up déposées sur le comptoir devant lui, il a peur que la caissière lui demande si c'est vraiment pour lui, les deux bouteilles de Seven Up, il a peur qu'elle lui demande si c'est vraiment son argent, ça, devant lui, il a peur qu'elle lui reproche de jouer avec la limite de deux bouteilles de Seven Up par client, « c'est-tu pour toi, ces Seven Up-là ? » qu'elle pourrait lui demander, la caissière, « es-tu vraiment un client ? » qu'elle pourrait lui demander, la caissière du Uniprix.

Il éprouve une peur semblable au St-Hubert quand il mange le gros brownie au chocolat de sa mère alors que sa mère mange son petit clown en crème glacée à lui, le clown en crème glacée inclus avec son plat pour enfants. Dans son plat pour enfants, il y a aussi des filets de poulet en forme d'animaux, des frites, de la sauce brune, de la salade de chou crémeuse et un pain rond. Le clown en crème glacée, c'est un cornet de crème glacée viré à l'envers : le cornet fait office de chapeau de clown et les yeux sont faits avec des M&M'S. L'enfant attend toujours que le serveur soit parti avant d'échanger son dessert avec celui de sa mère, il a peur que le serveur les prenne en flagrant délit, sa mère et lui, il a peur que le serveur lui dise « c'est pas ton dessert, ça ! », « c'est pas le dessert qui vient avec ton repas, ça ! c'est le dessert à ta mère ! » On peut se demander pourquoi il a aussi peur de ça, on peut aussi se demander comment il en est venu à voler sans remords un chocolat à la menthe au Club Vidéotron alors qu'il a peur d'échanger son dessert avec celui de sa mère au St-Hubert, c'est peut-être depuis ce temps-là qu'il a cette peur, depuis la colère de son père, son père fâché noir, on se demande comment sa sœur a pu voler un dépanneur sans remords, remplir son tiroir de barres de chocolat sans remords, alors que lui, l'enfant, il arrive péniblement à échanger son clown en crème glacée pour un brownie au chocolat, on peut se demander comment les autres arrivent à faire tout ça alors que lui arrive difficilement à déjouer la limite de deux Seven Up par client au Uniprix situé sur le boulevard Dagenais à Fabreville.

Mais on finit par les acheter, les quatre bouteilles de Seven Up, on passe à travers cette épreuve, ce théâtre, on s'en sort, on n'est pas mort, « t'es pas mort », qu'elle dit, sa mère, qui a perçu son inquiétude ; la mère et le fils retournent dans la Toyota Corolla avec les quatre Seven Up et le gratteux, l'enfant gratte son gratteux sur le tableau de bord de la Toyota Corolla et il remporte un dollar : une belle récompense pour toutes les émotions qu'il vient de traverser, et un dollar, ça correspond à l'achat d'un autre billet, un billet gratuit, une participation gratuite ; on ne réclame jamais une pièce de un dollar dans ce temps-là, on ne va jamais voir la caissière pour lui dire « j'aimerais réclamer mon dollar », non, on va la voir en lui disant « je vais en prendre un autre ! », à quoi bon avoir acheté un gratteux au départ si c'est pour revenir au même point ; l'excitation monte dans la Toyota Corolla, l'enfant retourne tout seul au Uniprix échanger son Sept chanceux pour un autre Sept chanceux, sa mère attend dans l'auto – à cette époque on peut acheter un gratteux avant d'avoir dix-huit ans ; avant d'avoir dix-huit ans, on peut réclamer le prix d'un gratteux s'il y a assez d'argent dans la caisse de la caissière, si le prix est plus haut, 2 000 dollars, par exemple, il faut informer les parents, c'est eux qui pourront encaisser le prix remporté, même si c'est l'enfant qui a lui-même acheté son gratteux, c'est comme ça, c'est la règle, c'est la loi, il s'y plie, il ne gagne jamais rien d'autre que des participations gratuites de toute façon –, il va donc au Uniprix échanger son Sept chanceux pour un autre Sept chanceux et il revient dans la Toyota Corolla de sa mère pour gratter son gratteux, pour partager avec elle l'excitation du grattage, et s'il revient dans la Toyota Corolla, c'est aussi parce qu'il y a une règle familiale entourant le grattage des gratteux : l'enfant ne peut pas gratter un gratteux tout seul dans un endroit public, il faut revenir dans l'auto ou à la maison, c'est la règle, juste au cas ; s'il gagnait le gros lot et qu'il échappait son billet par terre, par exemple, on ne s'en remettrait jamais. Imaginons qu'il remporte le gros lot et qu'il échappe son billet dans une bouche d'égout, imaginons qu'il remporte le gros lot et que sous le coup de l'excitation il hurle de joie dans la rue et qu'un inconnu lui vole son billet : mieux vaut revenir à la maison ou dans l'auto, quitte à faire plusieurs allers-retours si on est chanceux. Pour l'instant, il est de retour dans la Toyota Corolla de sa mère où il gratte son nouveau gratteux, et voilà qu'il remporte un autre dollar, un autre billet gratuit, une autre participation gratuite, l'excitation monte, « deux fois de suite ! » qu'il dit, « deux fois de suite ! » qu'elle dit, sa mère, c'est la joie dans la Toyota Corolla, alors il retourne au Uniprix, il échange son Sept chanceux pour un autre Sept chanceux, ça recommence, un autre dollar, un autre billet gratuit, ça arrête pu, les Sept chanceux sont chanceux aujourd'hui.

Mais après quatre ou cinq allers-retours comme ça, il vient à l'idée de l'enfant de changer de sorte de billet, il se dit que les Sept chanceux dans le présentoir du Uniprix ne peuvent pas tous être chanceux, c'est sa logique, il pense qu'il a plus de chances de gagner en changeant de sorte de billet, alors c'est ce qu'il fait, il essaie un autre billet, un Club Casino, il échange son

Sept chanceux pour un autre billet à un dollar, un Club Casino, il revient dans la Toyota Corolla de sa mère où sa mère l'attend, il montre à sa mère le nouveau billet acheté, le Club Casino, et là ça ne va plus du tout : sa mère est fâchée noir, l'excitation qui régnait dans la Toyota Corolla s'effondre d'un coup sec, sa mère lui explique qu'il vient de briser sa chance, « tu viens de briser ta chance ! » qu'elle dit, « tu comprends rien ! » qu'elle dit, « t'es-tu malade ? » qu'elle demande en veillant à lui transmettre un savoir sur la chance, la science de la chance, il ne fallait pas briser la chance comme ça, « tu viens de briser ta chance ! » qu'elle dit, « il fallait continuer avec les Sept chanceux ! », c'est toute une leçon qu'il vient d'avoir, il vient de décevoir sa mère avec sa maudite logique à deux cennes, sa mère est encore plus fâchée noir que son père l'était le jour où il était fâché noir, le jour du vol de chocolat ; si seulement il avait pu montrer à sa mère que sa logique à lui était plus logique que sa logique à elle, si seulement son Club Casino avait été aussi chanceux que les Sept chanceux, si seulement le maudit Club Casino avait été gagnant, peut-être que la joie dans la Toyota Corolla serait revenue, on aurait pu continuer les allers-retours entre le Uniprix et la Toyota Corolla, on aurait pu continuer l'enfilade des Sept chanceux chanceux, on aurait pu continuer à tournoyer, à gagner, gagner encore, gagner toujours le même dollar encore et encore, mais non, « meilleure chance la prochaine fois », qu'il dit, son

Club Casino, « meilleure chance la prochaine fois », qu'il dit, son maudit gratteux, « la prochaine fois, essaie de pas briser ta chance », qu'elle dit, sa mère qui finit par ramollir un peu, mais sans retrouver sa joie initiale, l'excitation est bien disparue dans la Toyota Corolla, la chance est brisée, on s'en va du Uniprix, on s'en retourne chez nous, faut passer au dépanneur acheter une caisse de bières à Marcel.

12

Il existe quelque part une cassette VHS sur laquelle se trouve l'enregistrement d'un épisode de *La poule aux œufs d'or*, un épisode de *La poule aux œufs d'or* dans lequel on peut voir l'enfant et sa famille ; dans cet épisode-là, sa mère figure comme concurrente, comme concurrente qui joue à la place de grand-papa Bi, le grand-père de l'enfant, le père de sa mère ; c'est lui, grand-papa Bi, qui a acheté le billet gagnant de *La poule aux œufs d'or*, il a toujours été chanceux à la loterie, il a remporté toutes sortes de prix en argent ou sous forme d'objets : une radio, un aspirateur, un grille-pain, il a remporté une participation télé à *La poule aux œufs d'or*, donc, mais il est trop vieux et trop faible pour participer à l'enregistrement de l'émission, il a demandé à l'une de ses filles, la mère de l'enfant, la plus jeune de ses filles, celle qui l'a hébergé durant plusieurs années dans le sous-sol de sa maison située sur la rue Médard-Bourgault à Sainte-Rose, il a demandé à l'une de ses filles de participer à l'émission *La poule aux œufs d'or* pour lui, grand-papa Bi, lui qui a choisi de rester au premier rang du public et d'observer sa fille jouer à sa place : tourner la roue, parler avec Guy Mongrain, choisir une enveloppe, choisir un œuf.

Grand-papa Bi a demandé à sa fille de participer à l'enregistrement de *La poule aux œufs d'or*, mais ça ne veut pas dire que sa fille va remporter un prix pour elle-même, le prix dans l'œuf ou le prix dans l'enveloppe, non, ça veut seulement dire qu'elle joue à sa place, qu'elle sert de porte-parole de grand-papa Bi qui a, lui, acheté un billet gagnant, et non seulement il n'est pas question pour elle de remporter un prix, mais il n'est pas non plus question qu'elle choisisse elle-même le chiffre de l'œuf qu'il faudra ouvrir quand on sera rendu là dans l'émission, si on se rend là, c'est grand-papa Bi qui a choisi un chiffre, le trente-et-un, sa propre date d'anniversaire. On ne se rappelle pas si, de sa place dans le public, grand-papa Bi pouvait aussi choisir l'enveloppe, une enveloppe parmi celles qui défilent sur le présentoir rotatif, il faudrait visionner l'épisode enregistré sur la cassette VHS rangée au fond d'un tiroir à Blainville pour le confirmer ; en visionnant la cassette VHS, on apprendrait peut-être que trente-et-un n'est pas le chiffre de l'œuf choisi par grand-papa Bi, on réaliserait peut-être que tout ne s'est pas déroulé exactement comme dans notre souvenir, mais ce qui est sûr, ce qui ne demande pas une vérification, ce qui ne demande pas un visionnement de la cassette VHS, c'est que la mère de l'enfant, elle, ce n'est pas l'œuf numéro trente-et-un qu'elle voulait choisir, l'œuf qu'elle voulait choisir, elle, c'était l'œuf numéro douze, l'œuf dont le numéro correspond à la date d'anniversaire de sa fille, l'œuf numéro douze, douze pour douze janvier 1982, la date d'anniversaire de sa fille, la sœur de l'enfant, notre sœur, ce n'est pas l'œuf numéro trente-et-un qu'elle voulait choisir, ni l'œuf numéro vingt-six, l'œuf dont le numéro aurait correspondu à sa date d'anniversaire à lui, l'enfant, la nôtre, le vingt-six mai 1987, l'œuf qu'elle voulait choisir, elle, c'était l'œuf numéro douze, mais comme elle n'a pas acheté elle-même le billet gagnant de *La poule aux œufs d'or*, elle doit se soumettre à la volonté de son père, le grand-père de l'enfant, grand-papa Bi, et choisir l'œuf numéro trente-et-un, ou un autre numéro du genre que le visionnement de la cassette VHS permettrait de retrouver, elle doit se soumettre à la volonté de son père et choisir son chiffre à lui, alors c'est ce qu'elle fait, elle choisit ce numéro-là, elle se trouve comme c'est presque toujours le cas dans cette émission-là devant le dilemme de choisir entre l'œuf et l'enveloppe, entre l'enveloppe qu'on a ouverte et qui contenait un lot correct, un lot de 10 000 dollars, et l'œuf dont on ne connaît pas encore le contenu, elle doit choisir entre l'enveloppe dont elle connaît le contenu et l'œuf dont elle ne connaît pas le contenu, mais dont le contenu a une chance d'être le gros lot, alors elle doit choisir l'œuf ou l'enveloppe, et la caméra se tourne vers la foule dans laquelle se trouvent des inconnus et des membres de sa famille, elle doit choisir l'œuf ou l'enveloppe en consultant le public dans lequel chaque personne brandit un carton, un carton avec le mot enveloppe ou un carton rouge avec un gros œuf en or dessus, et la caméra se tourne vers la foule et dans la foule se trouve l'enfant, l'enfant qui a manqué l'école pour venir à Montréal assister à l'enregistrement de *La poule aux œufs d'or*, on l'a bien habillé pour l'occasion, on peut le voir sur la cassette VHS, il porte une petite chemise rouge et une cravate dorée, on le voit brandissant un carton rouge avec un œuf doré dessus, il est habillé comme le carton rouge, à défaut d'être né le jour de l'œuf désiré par sa mère, le douze, il est habillé comme l'œuf sur la pancarte, il veut que sa mère choisisse l'œuf et non l'enveloppe parce qu'il a deviné que le montant de l'enveloppe était assez bas pour que ça vaille la peine de choisir l'œuf, il connaît le principe de l'émission, il l'a écoutée souvent, il veut que sa mère choisisse l'œuf, l'œuf mystère, l'œuf dont on ne connaît pas le contenu ; du moment que l'on connaît le contenu, on ne peut pas revenir en arrière, on ne peut plus choisir l'enveloppe, on ne peut plus retourner en arrière, c'est trop tard rendu là, on ne peut pas remettre l'œuf dans la poule, comme on ne peut pas retourner en arrière sur l'adoption, on ne peut pas retourner son fils une fois qu'il est arrivé à la maison un trente ou un trente-et-un mai 1987, à l'âge de cinq jours, on ne peut pas en choisir un autre, une fois qu'il est sorti de son œuf, il faut faire avec celui-là, il est trop tard rendu là, et la caméra se tourne vers la foule pour montrer celles et ceux qui tentent d'influencer la mère en brandissant leur carton et en criant « l'œuf ! l'œuf ! l'œuf ! », mais c'est le visage de grand-papa Bi qu'il faudrait montrer, c'est lui qui doit prendre la décision, ce n'est ni la foule ni la mère, c'est lui qui doit prendre la décision parce que c'est lui qui a acheté le billet gagnant de *La poule aux œufs d'or*, à la limite c'est lui qui doit regarder la foule et la mère qui doit le regarder lui, c'est lui qui doit regarder la foule pour prendre une décision, pas la mère, la mère de l'enfant, la fille du grand-père, la fille de grand-papa Bi, et le grand-père se laisse convaincre par la foule, la foule remplie de pancartes, la foule aux œufs d'or, il choisit l'œuf, alors la mère, la fille de grand-papa Bi, elle choisit l'œuf, Guy Mongrain met l'enveloppe de côté en disant « on n'aura plus besoin de t'ça », on amène l'œuf devant lui, c'est Guy Mongrain qui ouvre l'œuf et l'enveloppe dans l'œuf, et le résultat est satisfaisant, on a bien fait de prendre l'œuf : 20 000 dollars, c'est le double de l'enveloppe, le résultat est satisfaisant, on est soulagés, mais le soulagement évoqué ici personne ne s'en souvient vraiment, il est reconstruit avec le pousse-mine, il ne fait pas partie de la mythologie familiale entourant la participation de sa mère comme porte-parole de grand-papa Bi à *La poule aux œufs d'or*, ce qui fait partie de la petite mythologie familiale, c'est plutôt le moment, à la fin de l'épisode, où l'on ouvre tous les œufs un après l'autre pour découvrir celui dans lequel se trouvait le gros lot, le gros lot de 120 000 dollars, tout le monde se rappelle ce moment-là, ce moment précis de l'émission où l'on a découvert que le gros lot se trouvait dans l'œuf numéro douze, l'œuf que sa mère voulait choisir, l'œuf désiré par sa mère, on aurait dû se fier à sa mère qui en sait quelque chose sur la chance, c'est ce qu'il se dit, l'enfant, on aurait dû choisir l'œuf numéro douze.

L'histoire pourrait s'arrêter là, mais elle continue. Ce qu'on retient, dans la petite mythologie familiale entourant cet événement, ce qu'on retient de la participation de grand-papa Bi à *La poule aux œufs d'or*, sa participation à *La poule aux œufs d'or* à travers sa fille, la mère de l'enfant, c'est d'abord ça : le fait que la mère ait participé à la place du grand-père, ce qu'on retient ensuite, c'est le fait que le gros lot se trouvait dans l'œuf numéro douze, celui que la mère de l'enfant aurait choisi si elle avait acheté elle-même le billet gagnant ou si grand-papa Bi lui avait laissé choisir le numéro de l'œuf au lieu de le choisir lui-même, mais ce n'est pas la seule chose qu'on retient, finalement on retient aussi et surtout la mort de grand-papa Bi survenue dans la nuit juste après l'enregistrement de l'émission, ce qu'on retient, c'est la mort de grand-papa Bi dans son sommeil, étendu dans le lit de sa nouvelle maison située dans le quartier Sainte-Rose où il vivait avec sa cinquième femme, Marguerite, le lit de sa maison où il est mort en dormant, la nuit juste après l'enregistrement de *La poule aux œufs d'or*, c'est la chute de l'histoire qui le fait toujours rire, celui qui écrit, parce qu'après autant d'années, on peut bien en rire, ce qu'on retient de *La poule aux œufs d'or*, c'est surtout la mort de grand-papa Bi survenue dans la nuit juste après l'enregistrement, on s'en souvient parce que cette histoire est assez inusitée, on n'a jamais vécu quelque chose comme ça.

Et l'enfant, quelques semaines ou quelques jours après la mort de son grand-père, quand assez de temps a passé selon lui pour qu'il se permette de faire une blague sur le caractère inusité de toute cette affaire, quelques semaines ou quelques jours après la mort de grand-papa Bi, il dit à Marguerite venue prendre un café à la maison : « une chance que grand-papa Bi a pas gagné le gros lot, il aurait fait une crise cardiaque durant l'émission ! », il dit ça à Marguerite, et Marguerite, au lieu de lui répondre que c'est pas drôle ou de lui répondre qu'il a bien raison, Marguerite lui répond « douze heures de plus ou de moins... », ou une formulation comme ça qui laisse entendre qu'elle aurait préféré que grand-papa Bi remporte le gros lot, quitte à ce qu'il meure douze heures plus tôt, ce qui à l'époque apparaissait à l'enfant comme une indélicatesse ; elle dit « douze heures de plus ou de moins » et l'enfant la regarde avec des yeux ronds, il la regarde et il regarde sa mère, il regarde Marguerite, regarde sa mère et regarde Marguerite de nouveau, il attend qu'on réagisse, il attend qu'on s'offusque, mais en vain, on ne dit rien, ça passe, il ne voulait pas imaginer que l'argent pouvait valoir plus cher que ça, plus cher que la vie - est-ce qu'on l'échangerait pour 120 000 dollars, lui, l'enfant, si l'argent vaut plus cher que la vie ? et combien vaut-il, lui ? a-t-il été acheté ? est-ce qu'on peut le retourner, l'échanger, le vendre ? Il ne voulait pas imaginer que l'argent pouvait valoir plus cher que la vie de son grand-père, que douze heures dans la vie de son grand-père, il ne voulait pas penser que l'argent pouvait valoir plus cher que douze heures de vie, mais l'argent gagné par son grand-père lors de la participation à *La poule aux œufs d'or* aura été partagé entre ses proches, les proches de grand-papa Bi, ses deux filles et Marguerite, sa femme, et s'il avait remporté le gros lot, ça aurait fait plus d'argent à partager entre ses proches, et on peut imaginer les chicanes, les maudites chicanes d'héritage, et on peut imaginer que si la mère avait fait à sa tête et qu'elle avait choisi l'œuf numéro douze avec le gros lot dedans, elle n'aurait peut-être pas fait faillite des années plus tard, on peut aussi imaginer qu'elle aurait fait faillite quand même après avoir acheté encore plus de bière à Marcel, on peut imaginer qu'elle n'aurait pas laissé son père, le père de l'enfant, pour Marcel, on peut imaginer toutes sortes de choses, on peut imaginer que grand-papa Bi ne l'aurait pas laissée faire à sa tête, on peut imaginer qu'il aurait crié à partir de son siège au premier rang du studio d'enregistrement pour rétablir la situation : « pas douze : trente-et-un ! » qu'il aurait dit, il aurait fallu faire une autre prise, et dans cette hypothétique situation où grand-papa Bi aurait corrigé sa fille qui aurait fait à sa tête, on peut imaginer grand-papa Bi dépité à la fin de l'épisode devant le gros lot qu'il aurait gagné s'il n'avait pas corrigé sa fille.

Et tant qu'à imaginer, on peut imaginer que si la mère avait fait à sa tête et qu'elle avait choisi l'œuf numéro douze au lieu de l'œuf numéro trente-et-un, c'est dans l'œuf numéro trente-et-un que se serait trouvé le gros lot à la fin de l'épisode, tant qu'à imaginer, et on peut imaginer la chicane de famille, la maudite chicane, et on peut imaginer que dans tous les cas, si le gros lot s'était trouvé dans le bon œuf, l'œuf choisi, on peut imaginer la crise cardiaque de grand-papa Bi douze heures trop tôt, on peut aussi imaginer que personne n'est jamais mort sur le plateau de *La poule aux œufs d'or*.

13

La madame qui fait les ongles de sa mère s'appelle Manon, elle habite à Fabreville dans un bungalow pas trop loin du quartier de maisons mobiles. L'enfant va souvent avec sa mère chez Manon, chaque fois que sa mère a besoin qu'on lui fasse les ongles. Le bureau de Manon est au sous-sol, au sous-sol du bungalow ; quand la madame qui fait les ongles de sa mère fait les ongles de sa mère, l'enfant s'assoit sur le divan au sous-sol et il regarde la télévision avec le mari de la madame qui fait les ongles de sa mère. Dans le sous-sol, il y a aussi une chambre, c'est la chambre du mari à Manon, ils font chambre à part, Manon et lui, ce n'est pas un secret, Manon l'a dit une fois : « c'est pas un secret pour personne », son mari ronfle, et dans la chambre au sous-sol il y a un lit d'eau, c'est le lit d'eau du mari, on a oublié son nom.

Quand on dort avec une autre personne dans un lit d'eau, les mouvements de l'autre personne se répercutent sur soi, c'est difficile de bien dormir, à moins de ne pas bouger, de rester immobile, il ne faut pas se gratter, mais c'est toujours quand il ne faut pas se gratter que ça pique ; l'enfant sait qu'il s'agit d'un lit d'eau, qu'un lit d'eau se cache sous les couvertures, il sait qu'on dort mal à deux dans un lit d'eau, il sait tout ça parce qu'il a déjà dormi avec sa mère dans le lit d'eau du mari de la madame qui fait les ongles de sa mère, il a dormi avec sa mère durant une semaine dans ce lit d'eau là, une semaine durant laquelle la chicane était pognée entre Marcel et sa mère, une semaine durant laquelle Marcel est resté tout seul dans sa maison mobile avec ses bouteilles de bière pleines et vides et pleines et vides, une semaine durant laquelle l'enfant a pris un autre autobus scolaire pour se rendre à la même école que d'habitude, Poly-Jeunesse - plusieurs jeunesses, que ça veut dire -, et pendant cette semaine-là durant laquelle il dormait avec sa mère dans le lit d'eau du mari à Manon, le mari à Manon dormait avec Manon, dans sa chambre à elle, à l'étage, « une fois n'est pas coutume », qu'elle a dit, Manon ; le mari de la madame qui fait les ongles de sa mère peut bien dormir une semaine avec sa femme pendant que l'enfant dort avec sa mère, surtout si c'est pour permettre à la mère et à l'enfant de prendre un break de Marcel et de ses bouteilles de bière, ses bouteilles pleines et ses bouteilles vides, ses bouteilles pleines et vides et pleines et vides, une fois n'est pas coutume.

Un soir où la madame qui fait les ongles de sa mère fait les ongles de sa mère, le mari permet à l'enfant de prendre le contrôle de la télécommande et de choisir ce qu'il a envie de regarder à la télévision, alors il syntonise le quarante-cinq, parce qu'il est presque vingt-et-une heures et qu'à vingt-et-une heures c'est *Les Simpson* qui jouent à Télétoon, tout le monde sait ça : à vingt-et-une heures, c'est *Les Simpson* qui jouent à Télétoon, depuis que le monde est monde, il le dit comme ça au mari de la madame qui fait les ongles de sa mère, il exagère, mais quand même, il écoute *Les Simpson* depuis très longtemps, il écoutait déjà *Les Simpson* à l'époque où ses parents étaient encore ensemble, c'était une activité familiale, on s'assoyait dans le salon et on écoutait *Les Simpson* ensemble, sa mère, son père, sa sœur et lui, alors il est habitué d'écouter *Les Simpson*, souvent deux fois par jour plutôt qu'une : à seize heures trente à TQS et à vingt-et-une heures à Télétoon, alors il syntonise Télétoon à vingt-et-une heures cette fois-là pendant que la madame qui fait les ongles de sa mère fait les ongles de sa mère, et l'épisode commence : « L e s S i m p s o n », qu'elle dit, la voix qui accompagne l'image, « L e s S i m p s o n », qu'elle dit, la voix, pendant qu'à l'écran est écrit « Les Simpson » en jaune sur fond de ciel bleu ennuagé. Dans le coin en haut à gauche apparaît durant quelques secondes un petit carré jaune avec « 13+ » écrit en noir à l'intérieur, ce qui signifie treize-ans-et-plus, l'âge adéquat pour regarder cet épisode des *Simpson* selon les personnes qui ont décidé ça, et c'est une particularité des *Simpson* : parfois, il y a un carré jaune avec « 13+ » écrit en noir à l'intérieur, d'autres fois il y a un carré vert avec un « G » blanc qui signifie que tout le monde peut regarder l'émission en question, d'autres fois il y a un carré orange avec « 8+ » écrit en blanc à l'intérieur, qui signifie huit-ans-et-plus, c'est plus rare, mais il ne s'est de toute manière jamais senti concerné par ces carrés-là puisqu'il écoute *Les Simpson* depuis que le monde est monde, ces chiffres-là ne veulent rien dire pour lui, ces chiffres-là n'ont jamais été une barrière à l'écoute des *Simpson*, d'autant plus qu'à la même époque il écoute parfois *South Park* avec sa mère, à vingt-deux heures, une émission encore plus vulgaire, une émission seize-ans-et-plus, si ça se trouve, alors qu'il est loin d'avoir seize-ans-et-plus et qu'il n'a pas encore treize-ans-et-plus non plus, il est en secondaire un, et comme sa mère est juste à côté en train de se faire faire les ongles, elle peut confirmer au mari à Manon qu'il n'y a pas de problème à ce que son fils écoute un épisode des *Simpson* classé treize-ans-et-plus.

Mais ce n'est pas ce qu'elle fait, elle laisse le mari à Manon décider si on peut regarder un épisode des *Simpson* treize-ans-et-plus quand on a douze ans comme l'enfant ; puisqu'on est dans la maison du mari de la madame qui fait les ongles, son sous-sol avec sa chambre au sous-sol, sa télé, elle lui laisse le loisir de décider s'il est approprié ou non pour l'enfant de regarder ce qu'il regarde tout le temps, elle laisse au mari le loisir de choisir s'il est approprié de regarder en reprise un épisode des *Simpson* qu'il a sûrement déjà vu dix fois, cent fois, mille fois, « treize ans et plus, t'as pas treize ans ! » qu'il dit, le mari de la madame qui fait les ongles de sa mère, en se fiant au carré jaune en haut à gauche, le carré jaune qui ne veut rien dire pour l'enfant, « t'as douze ans ! » ; le mari de la madame qui fait les ongles de sa mère se fie au carré jaune, comme si le carré jaune avait une quelconque importance, il se fie au carré jaune parce qu'il n'a jamais vu un épisode des *Simpson* de sa vie, ce qui est quelque chose de complètement incongru pour l'enfant qui écoute deux épisodes des *Simpson* par jour depuis des années, alors l'enfant doit convaincre le mari de la madame qui fait les ongles de sa mère de le laisser regarder l'épisode, parce que sa mère laisse cette décision-là entre ses mains, les mains du mari de la madame qui fait les ongles de sa mère, ses mains à elle sont occupées ailleurs ; il doit convaincre le mari de la madame qui fait les ongles de sa mère de le laisser regarder un épisode des *Simpson*, et s'il cherche à le convaincre de le laisser écouter l'épisode treize-ans-et-plus, ce n'est pas parce qu'il a tant que ça envie de regarder l'épisode, c'est parce que cette interdiction est un non-sens dans l'ordre des choses, et il faut bien qu'il y ait de l'ordre quelque part, il faut bien que le monde ait un sens, et à force de s'obstiner gentiment avec le mari de la madame qui fait les ongles de sa mère, il finit par avoir gain de cause, le mari de la madame qui fait les ongles de sa mère lui dit « c'est correct » ; « dis merci », qu'elle dit, sa mère, « dis merci », qu'elle dit à l'enfant, « merci », qu'il dit au mari à Manon, l'enfant, sans comprendre pourquoi il doit le remercier de lui permettre de faire ce qu'il fait tout le temps, c'est-à-dire regarder un épisode des *Simpson*, mais d'accord, « merci », qu'il dit, merci d'avoir levé pour moi cet interdit déjà transgressé mille fois, merci mille fois, merci d'avoir dormi une semaine avec ta femme pour me laisser dormir avec ma mère.

17

ON EST BEAUCOUP PLUS TARD, on est rendu beaucoup plus tard, quand les histoires vécues sont des histoires racontées, des histoires racontées à un homme qui écoute les histoires, on est rendu beaucoup plus tard, au moment de lire les histoires du présent à la lumière des histoires du passé, ou de lire les histoires du passé à la lumière des histoires du présent, on est rendu beaucoup plus tard, dans le cabinet d'un homme qui écoute les histoires du présent et du passé, il s'appelle Daniel, la belle coïncidence, il s'appelle Daniel et il reçoit dans son cabinet celui qui n'est plus un enfant, il le reçoit dans son cabinet situé au sous-sol d'une grande maison d'Outremont située au coin Dollard et Lajoie, la belle coïncidence.

Sur le côté de la grande maison d'Outremont, il y a une porte déverrouillée toute la journée, il faut entrer par là, on descend les marches, on enlève ses chaussures et on s'assoit derrière un petit rideau, on s'assoit sur une chaise en cuirette en attendant que le patient d'avant finisse de raconter ses histoires à lui, on n'entend pas les histoires de l'autre patient, la porte du bureau est capitonnée, on n'entend pas les histoires de l'autre patient, mais on entend le bourdonnement de sa parole. De l'autre côté de la porte capitonnée, il y a le bureau de l'homme qui écoute les histoires, Daniel, il y a aussi une chaise, un divan, des bibelots, une horloge, une fenêtre, des livres, il y a aussi une autre porte derrière laquelle on devine des escaliers, des escaliers pour monter dans la grande maison d'Outremont avec la femme et les enfants qui vivent là.

On est rendu beaucoup plus tard, étendu sur un divan dans le cabinet de l'homme qui écoute les histoires, Daniel, on est rendu beaucoup plus tard, sur un divan où l'on s'étend deux fois par semaine tôt le matin, à neuf heures, Daniel nous reçoit pour pas cher, il nous reçoit depuis pas longtemps, et les histoires jaillissent, s'inventent, se tricotent et se détricotent, les histoires jaillissent comme les larmes et les rires qui jaillissent dedans dehors.

On est rendu beaucoup plus tard, dans un temps de jaillissement des histoires, quelques semaines après le début des rencontres avec l'homme qui écoute les histoires, c'est un psychanalyste, c'est un psychanalyste qui est aussi un psychiatre ; on est rendu quelques semaines après le début du racontage et vient déjà bientôt le temps d'interrompre le jaillissement des histoires, vient déjà bientôt le temps des vacances de l'homme qui écoute les histoires, Daniel, on a encore un peu de temps, on a encore quatre séances devant nous : « dix-sept au dix-sept », c'est la date des vacances annoncées par l'homme qui écoute les histoires, Daniel, « dix-sept au dix-sept », ce qui veut dire que les vacances dureront un mois et non pas une seule journée, on s'entend, du dix-sept juillet au dix-sept août ; comme on est le cinq juillet, on a encore le temps, on peut avancer, il faut avancer, on a une douzaine de jours devant nous pour avancer, une douzaine de jours pour laisser les histoires jaillir, pour les raconter, les inventer, les tricoter et les détricoter, on a encore une douzaine de jours devant nous, c'est-à-dire deux ou trois ou quatre séances à prendre le métro ligne verte de Frontenac à Berri-UQAM, le métro ligne orange de Berri-UQAM à Jean-Talon, le métro ligne bleue de Jean-Talon à Outremont pour ensuite marcher jusqu'au coin Dollard et Lajoie, dans le sous-sol de l'homme qui écoute les histoires, Daniel, ouvrir la porte sur le côté de sa grande maison familiale, descendre les marches, s'asseoir derrière le rideau, écouter le bourdonnement de la parole du patient d'avant, s'étendre sur le divan et laisser les histoires jaillir ; parfois, on prend plutôt la ligne verte de Frontenac à Berri-UQAM, la ligne orange de Berri-UQAM à Rosemont et un autobus de Rosemont jusqu'à chez lui, ça dépend ; des fois, on prend l'autobus sur D'Iberville jusqu'au métro D'Iberville et de là, la ligne bleue jusqu'au métro Outremont, on a plusieurs manières de se rendre chez Daniel, deux fois par semaine, pour raconter, inventer, tricoter et détricoter des histoires, et comme on a encore une douzaine de jours devant nous, avant les vacances, trois ou quatre séances, on est étonné, très étonné au moment de se lever, de se lever du divan, le cinq juillet, on est très étonné au moment de se lever pour quitter le bureau de l'homme qui écoute les histoires, on est très étonné quand l'homme qui écoute les histoires nous souhaite bonnes vacances, « bonnes vacances », qu'il dit, « on se revoit à la fin août », qu'il dit, la surprise est totale, parce qu'on a encore deux semaines devant nous, en principe, pour permettre le jaillissement, le racontage, l'invention, le tricotage et le détricotage des histoires, deux semaines pour faire jaillir la colère et la joie, « on se revoit à la fin août », qu'il dit, Daniel, l'homme qui écoute les histoires, « mais vos vacances ne sont-elles pas du dix-sept au dix-sept ? » qu'il répond, celui qui les raconte, les histoires, « vos vacances ne sont-elles pas du dix-sept juillet au dix-sept août ? N'est-ce pas ce que vous m'aviez dit ? » qu'il précise, celui qui raconte les histoires, « non, mes vacances sont *du* sept au dix-sept », qu'il répond, Daniel, « mes vacances sont *du* sept au dix-sept », qu'il dit, en insistant sur le « du » qu'on a pris pour un « dix » parce qu'un « s » vient juste après : « du sept au dix-sept », « dix-sept au dix-sept », « du sept au dix-sept », « dix-sept au dix-sept », c'est presque la même chose ; l'homme qui écoute les histoires a dit « du sept au dix-sept » tandis que celui qui raconte les histoires a entendu « dix-sept au dix-sept », « du sept » est devenu « dix-sept », c'est presque la même chose, sauf que ce n'est pas la même chose du tout, ça met fin prématurément au jaillissement des histoires, la colère et la joie, ça met fin au jaillissement des histoires une dizaine de jours plus tôt que prévu, ça fait disparaître dix jours de racontage.

On peut imaginer qu'il a bien entendu ce qu'il voulait entendre, celui qui raconte les histoires, qu'il a entendu « dix-sept » alors que celui qui les écoute a bien dit « du sept », on peut imaginer qu'entendre « dix-sept » correspond à son désir de raconter plus longtemps ses histoires, et on peut imaginer que l'homme qui écoute les histoires a de son côté dit ce qu'il voulait dire, on peut imaginer toutes sortes de choses, on peut imaginer qu'on n'est pas tout seul embourbé avec les chiffres et les lettres, on peut imaginer que l'homme qui écoute les histoires est lui aussi embourbé avec les chiffres et les lettres, on peut imaginer qu'il a dit « dix-sept » au lieu « du sept » sans s'en rendre compte, on ne le saura jamais, il faut avancer, il faut avancer quand même, dans l'ignorance des choses et des nombres, mais ce qui est sûr, c'est que ça commence à faire beaucoup d'écarts, l'écart entre le sept et le dix-sept, l'écart entre le du et le dix, l'écart entre le jour un et le jour zéro, l'écart entre le jour zéro et le jour cinq, l'écart entre le cinquième X rouge et le sixième X rouge, l'écart entre la bouteille vide et la bouteille pleine, l'écart entre son âge et l'âge pour écouter ça, l'écart entre lui et lui, entre lui et moi, entre moi et moi, l'écart entre le corps de sa mère et son corps le mien.

20

Sa tante Marielle lui donne un billet de vingt dollars pour sa fête, il n'a jamais possédé une telle somme, à sept ans, vingt dollars c'est beaucoup, elle lui donne un billet de vingt dollars, elle lui donne ce cadeau chez elle, dans sa maison à Fabreville située sur la rue Martial, proche du parc Madeleine, le parc qui porte le même nom que sa cousine Madeleine, la fille de Marielle. Sa tante Marielle lui donne un billet de vingt dollars pour sa fête, et il n'a jamais possédé une telle somme, à sept ans, il ne sait pas où le mettre, son billet de vingt dollars, il n'a pas de portefeuille, il a bien une tirelire dans sa chambre, chez lui, une tirelire en forme de cochon, mais pour l'instant il a ni portefeuille ni sac à dos, tout ce qu'il a c'est un trou dans sa poche, un trou qui l'empêche de glisser l'argent ; enfin, comme il a nulle part où le mettre, son billet de vingt dollars, sa mère lui propose de le garder en lieu sûr, dans sa sacoche, c'est pour éviter qu'il ne le perde, son billet de vingt dollars, l'enfant ne s'obstine pas longtemps puisqu'il a nulle part où le mettre, son billet de vingt dollars, il a ni portefeuille ni sac à dos, en plus il y a un trou dans sa poche, alors pour ne pas le perdre, son billet, il le donne à sa mère, elle le met en sécurité dans sa sacoche, ça reste comme ça pour l'instant.

Durant un long moment, des jours ou des semaines ou des mois, comment savoir, durant un long moment, un long moment à l'échelle de sa vie à lui, la vie de l'enfant, il inclut le billet de vingt dollars dans le décompte de son argent, même si le billet de vingt dollars est toujours dans la sacoche à sa mère, « on va le sortir pour une occasion spéciale », qu'elle dit, sa mère, au moment où sa tante Marielle lui offre le billet. Durant un long moment, des jours ou des semaines ou des mois, l'enfant inclut le billet de vingt dollars dans le décompte de son argent, décompte qu'il s'amuse à faire de temps en temps, sur le plancher de sa chambre au deuxième étage de la maison située sur la rue Médard-Bourgault à Sainte-Rose. De temps en temps, depuis un long moment, des jours ou des semaines ou des mois, il ouvre sa tirelire en forme de cochon et dépose tout l'argent qu'elle contient sur le plancher de sa chambre ; c'est une tirelire avec un bouchon en plastique noir sur lequel on peut tirer, on peut ouvrir la tirelire, sortir l'argent, déposer l'argent sur le plancher, le compter, le remettre dans la tirelire, fermer le bouchon et recommencer tant qu'on veut, ce n'est pas une tirelire sans bouchon qu'il faudrait casser avec un marteau, comme on en voit à la télévision mais jamais dans la vraie vie ; à la télévision, les scènes sont toujours dramatiques, on casse à contrecœur la tirelire avec un marteau, la tirelire encore à moitié pleine ou la tirelire pleine à quelqu'un d'autre, c'est un parent qui casse la tirelire de son enfant, c'est un enfant qui casse la tirelire de son ami, on doit vivre avec la culpabilité du geste et on doit éviter de se blesser les mains avec les morceaux de porcelaine ; rien de ça chez lui, puisqu'il y a un bouchon en plastique noir sous sa tirelire, on peut sortir l'argent, le compter, le remettre dans la tirelire, on peut même le voler sans se couper la main, la-main-ma-main, ma main ! ma main !

Il faut interrompre l'histoire du billet de vingt dollars pour parler des mains de sa-mère-ma-mère-maman, c'est maintenant ou jamais, c'est maintenant ou nulle part, c'est maintenant, c'est main-tenant, c'est la main tenant le pousse-mine, il faut interrompre l'histoire du billet de vingt dollars pour parler des mains blessées de sa mère, des mains toujours engourdies, des mains qui doivent se faire opérer, des mains de caissière, des mains qui ont longtemps fait des mouvements répétitifs, des mains qui ont fait défiler beaucoup d'aliments sur le tapis roulant du IGA : des choux, de la compote de pommes, des gâteaux Vachon, des Seven Up, des gratteux, ce sont des mains qui ont manipulé beaucoup de billets, beaucoup d'aliments, ce sont des mains qui ont longtemps fait des mouvements répétitifs, des mouvements à l'origine de l'engourdissement, il faut opérer aux tunnels carpiens pour que cesse l'engourdissement, dit le médecin, il faut opérer aux tunnels carpiens, mais le problème avec l'opération aux tunnels carpiens, c'est qu'elle impose qu'on arrête de les utiliser, les mains, pour un temps, des jours ou des semaines ou des mois, c'est pour ça qu'on les opère une à la fois et pas les deux en même temps, pour qu'on ait au moins une main disponible pour écrire, manger, se laver, changer de poste, gratter des gratteux, faire le ménage : on fait la première opération, on attend, on fait la seconde opération, on attend encore, et à la fin du processus, les deux mains ne sont plus engourdies.

Le problème avec l'opération aux tunnels carpiens, c'est qu'il faut arrêter de conduire et de travailler durant des jours ou des semaines ou des mois, jusqu'à la guérison de la main opérée, c'est ce qui inquiète la mère qui ne peut pas se permettre d'arrêter de conduire et de travailler. L'engourdissement des mains de sa mère est le prix à payer pour que l'argent rentre ; elle va finir par se faire opérer une main mais pas deux, la main gauche, elle va finir par céder aux pressions de son médecin et se faire opérer une main, la main gauche, elle va finir par prendre congé quelques jours, une semaine, peut-être deux, mais ça va s'arrêter là, « je peux pas me permettre de perdre une autre semaine », qu'elle dit, une semaine à ne pas conduire, une semaine à ne pas travailler, coincée dans le demi-sous-sol à Blainville, une semaine à ne pas pouvoir faire défiler les aliments sur le tapis roulant du IGA, « si tu savais conduire, tu pourrais au moins m'aider avec les commissions », qu'elle dit à son fils, l'enfant, l'enfant qui est un adolescent rendu là, il pourrait l'aider avec les commissions s'il savait conduire, « si tu savais conduire, tu pourrais au moins m'aider avec les commissions », qu'elle dit à son fils qui ne sait pas conduire mais qui a l'âge de savoir conduire maintenant.

Son fils ne sait pas conduire et ne veut pas conduire, et la main droite de sa mère reste engourdie au-delà de l'histoire, au-delà du livre, engourdie à l'heure actuelle, maintenant, toujours engourdie, engourdie dans le temps de la main tenant le pousse-mine, elle reste engourdie parce qu'il faut que l'argent rentre, elle est engourdie parce que l'enfant n'a pas pu aider avec les commissions, la main droite de sa mère est engourdie, encore engourdie, comme la-main-ma-main engourdie dans le mouvement ininterrompu de l'écriture, la main qu'il s'agit d'amener jusqu'à l'engourdissement, comme pour rétablir un équilibre, la main qu'il s'agit d'engourdir, comme pour rembourser une dette, mais en vain, on a mal à la main, la paume, le poignet, l'avant-bras, la douleur monte jusqu'au cou, jusqu'à la tête, il faut écrire jusqu'à la douleur de la main, jusqu'à la douleur de la tête, mais ça ne fait pas assez mal, il faut ajouter des mots pour avoir vraiment mal, il faut ajouter des mots pour avoir mal à la main, mal à ma main, mal à maman.

Il faut revenir à l'histoire du billet de vingt dollars de sa tante Marielle, il faut reculer pour avancer, il faut revenir au décompte de l'argent de la tirelire sur le plancher de sa chambre, une tirelire avec un bouchon en plastique noir qui n'est pas une tirelire qu'il faut casser avec un marteau. Sous sa tirelire à lui, il y a un bouchon en plastique noir, il peut sortir l'argent, le déposer sur le plancher, le compter, le remettre dans la tirelire, fermer le bouchon et recommencer, c'est ce qu'il fait ce matin-là, dans sa chambre au deuxième étage de la maison située sur la rue Médard-Bourgault à Sainte-Rose, quelques jours ou quelques semaines ou quelques mois après le dîner d'anniversaire chez sa tante Marielle. Il compte, il compte l'argent de sa tirelire, elle ne contient que des cennes noires, des cennes noires sales et des cennes noires propres, des cennes noires canadiennes et des cennes noires américaines, des cennes noires avec le visage de la reine quand elle était jeune et des cennes noires avec le visage de la reine quand elle était vieille, il pense que c'est la mère et la fille, il dit toujours que c'est la mère et la fille, la reine et la princesse, mais c'est la même reine, mère et fille elle-même. Dans sa tirelire, il y a seulement des cennes noires, donc ; il fait le décompte de ses cennes noires en incluant le billet de vingt dollars donné par sa tante Marielle, le billet de vingt dollars conservé dans la sacoche à sa mère, le billet de vingt dollars qu'on va sortir pour une occasion spéciale, qu'elle a dit cette fois-là, sa mère, le jour du don ; avec le billet conservé bien en sécurité dans la sacoche à sa mère, il arrive à vingt-et-un dollars au total, quelque chose comme ça, comment savoir, il arrive à vingt-et-un dollars au total, un montant dont il est assez fier, alors une journée de décompte, il descend les marches pour rejoindre sa mère au salon, il descend les marches pour montrer son butin à sa mère : « j'ai vingt-et-un dollars en tout ! » qu'il dit à sa mère, sa mère qui est bien étonnée de l'ampleur du montant, « où c'est que t'as pris ça cet argent-là ? » qu'elle demande, dans son étonnement, « où c'est que t'as pris ça ? » qu'elle demande à son fils, la mère, la mère étonnée par l'ampleur du montant d'argent possédé par son fils de sept ans, « où c'est que t'as pris ça ? » qu'elle demande à l'enfant qui lui montre un petit tas de cennes noires ; il fait le décompte des cennes noires devant les yeux de sa mère et il dit qu'avec le billet de vingt dollars donné par sa tante Marielle, ça fait vingt-et-un dollars au total, « avec le vingt dollars de matante Marielle dans ta sacoche, ça fait vingt-et-un dollars en tout », qu'il dit, il ne reste plus qu'à sortir le portefeuille de la sacoche et à sortir le vingt dollars du portefeuille, le rajouter au butin et on va arriver à vingt-et-un dollars, on va y arriver, ça s'en vient.

Quelques années plus tard, une Banque Laurentienne ouvre ses portes pas loin de chez lui, pas loin de sa maison située sur la rue Médard-Bourgault à Sainte-Rose, il a huit ou neuf ans. Médard Bourgault est un sculpteur québécois mort en 1967, rendu là on peut bien s'intéresser au nom de sa rue, au nom du sculpteur, sur la page Wikipédia de Médard Bourgault on voit une illustration du chemin de croix du petit Jésus taillée dans une plaque de bois, la plaque de bois se trouve à l'église Saint-Pierre-aux-Liens de Caraquet, aujourd'hui on peut lire ça sur la page Wikipédia de Médard Bourgault. Il a huit ou neuf ans, donc, et une Banque Laurentienne ouvre ses portes dans le centre d'achats sur l'avenue de la Renaissance au coin du boulevard Curé-Labelle. Dans le centre d'achats, il y a aussi un Club Vidéotron, un dépanneur et un Valentine, on va au Valentine quand on a le goût d'un bon hot-dog, on fait comme dans l'annonce, dans l'annonce où ça dit : « quand j'ai le goût d'un bon hot-dog, c'est ici que je viens ! » dans ce temps-là on va au Valentine quand on a le goût d'un bon hot-dog, et parfois on va au Club Vidéotron quand on a le goût de louer une cassette ou quand on a le goût d'un chocolat à la menthe, et maintenant on va aussi à la Banque Laurentienne qui vient d'ouvrir ses portes, on y va quand on a le goût de retirer de l'argent, de l'argent pour payer le père Noël ou pour faire l'épicerie, par exemple.

À cette époque-là, quelques années après l'histoire pas encore terminée du billet de vingt dollars gardé en sécurité dans la sacoche à sa mère, l'enfant accompagne souvent ses parents à la Banque Laurentienne, cette époque-là qui correspond à l'époque de *La poule aux œufs d'or*, un peu avant ou un peu après. À la Banque Laurentienne, à cette époque-là, l'enfant participe à un concours de dessins, il peut gagner toutes sortes de choses : une boîte de crayons de bois de la marque Laurentien, un compte en banque avec dix dollars dedans, une tirelire en métal avec une clé et cinq pièces de deux dollars – voilà que l'époque du concours de dessins se précise, puisqu'on peut situer l'apparition des pièces de deux dollars dans le temps, en 1996, l'enfant a huit ou neuf ans au moins –, on peut remporter toutes sortes de choses au concours de dessins de la Banque Laurentienne, c'est ce qu'il fait : il dessine un dessin, un beau dessin, et il gagne le concours, lui et vingt autres enfants, il gagne toutes ces choses-là grâce à son beau dessin ; on peut imaginer que le dessin de l'enfant était beau mais pas tant que ça, on peut imaginer que la Banque Laurentienne faisait gagner tous les enfants pour ensuite en faire des clientes et des clients de la Banque Laurentienne, c'est ce qu'on imagine en se rappelant la vingtaine d'enfants présents le jour de la remise des prix du concours de dessins, on a une photo de t'ça, une vingtaine d'enfants dans le hall de la Banque Laurentienne située sur l'avenue de la Renaissance au coin du boulevard Curé-Labelle, ça fait beaucoup d'enfants gagnants, une vingtaine d'enfants qui ont fait des beaux dessins, mais pas si beaux que ça, des enfants présents pour recevoir leurs prix : une boîte de crayons de bois de la marque Laurentien, un compte en banque avec dix dollars à l'intérieur, une tirelire en métal avec une clé et cinq pièces de deux dollars.

Avec le compte en banque vient une carte de guichet, les enfants font la file au comptoir après la remise de prix pour choisir leur numéro d'identification personnel, qu'on appelle aussi mot de passe ou code secret, les enfants font la file mais ne savent pas quoi choisir comme code secret en général, l'employée de la Banque Laurentienne ne peut évidemment pas choisir à leur place, à la place des enfants, alors elle donne des idées : « ça peut être la date de fête de quelqu'un que tu aimes », qu'elle dit, « mais pas la tienne », qu'elle dit, « pas ta date de fête à toi », qu'elle précise, « ça peut être la date de fête de quelqu'un que tu aimes, ça peut aussi être un motif sur les touches, un X, un carré, un zigzag, l'important c'est que tu puisses t'en souvenir », qu'elle dit, l'employée de la Banque Laurentienne, c'est d'ailleurs de ça qu'il a peur, l'enfant, de ne pas s'en souvenir, il a peur d'oublier son code secret comme il oublie de faire signer des choses à ses parents en revenant de l'école, des dictées, des examens, des affaires de même, au point d'accumuler des X rouges sur le tableau de Margot Turcotte et d'être exclu de l'activité de rollerblade dans la cour d'école, il a peur d'oublier son code secret, comme il oublie de faire signer des choses à ses parents en revenant de l'école, des examens, des dictées, des affaires de même, alors il va finir par le dire à sa mère, son code secret, pour ne pas l'oublier, il va finir par lever le secret du code secret, mais pour l'instant, il est sensible à cette idée des motifs proposée par l'employée de la Banque Laurentienne, il choisit de faire un X avec les chiffres sur le clavier, un X dans un carré, justement, ça s'invente pas qu'il se dit, celui qui écrit et qui fait tous ces liens, qui pense à l'enveloppe qui ressemble à un X dans un carré, qui pense aux X rouges de Margot Turcotte, ça s'invente pas qu'il se dit, celui qui écrit et qui fait tous ces liens, celui qui voit tous ces liens, les fait et les défait, les tricote et les détricote, des liens comme Saint-Pierre-aux-Liens de Caraquet, ça s'invente pas toutes ces coïncidences qui jaillissent, se tricotent et se détricotent, ça s'invente pas mais ça s'invente, qu'il se dit, celui qui écrit et se rappelle que le code secret de l'enfant était un X dans un carré, c'est-à-dire : un, cinq, neuf, trois, sept, il faut visualiser le clavier : un, cinq, neuf, trois, sept, une combinaison qui implique de tracer un X sur le clavier en commençant par le un en haut à gauche pour se rendre au neuf en bas à droite, en passant par le cinq au centre, pour finir avec le trois en haut à droite, suivi du sept en bas à gauche, voilà le code secret de son nouveau compte en banque, il faut visualiser le clavier : un, cinq, neuf, trois, sept, son premier code secret, le code secret de son compte en banque de la Banque Laurentienne située sur l'avenue de la Renaissance au coin du boulevard Curé-Labelle, un compte en banque avec dix dollars dedans, gracieuseté de la Banque Laurentienne, un compte en banque jamais utilisé par l'enfant, jamais utilisé par l'adulte, un compte en banque laissé à l'abandon.

On se demande, en écrivant, ce qui est advenu du compte en banque, s'est-il vidé avec le temps ? s'est-il rempli avec le temps ? qu'arrive-t-il aux comptes en banque abandonnés ? est-ce que les dix dollars déposés au départ ont monté avec les années, monté et monté encore ? est-ce qu'au contraire, les dix dollars ont servi à rembourser les frais d'utilisation ? est-ce que le compte est en souffrance ? a-t-il été fermé, supprimé ? doit-on de l'argent à la Banque Laurentienne ? faut-il s'inquiéter ? faut-il appeler la banque ? la Banque Laurentienne située sur l'avenue de la Renaissance au coin du boulevard Curé-Labelle existe-t-elle encore aujourd'hui ?

Sur Google Maps, on voit que la succursale de la Banque Laurentienne n'existe plus, peut-être n'a-t-elle jamais existé, sur Google Maps, on voit que le Club Vidéotron n'existe plus lui non plus, peut-être n'a-t-il jamais existé, mais sur Google Maps, on voit que le Valentine est toujours là, on n'a pas tout inventé, on peut encore y aller quand on a le goût d'un bon hot-dog.

Le compte en banque n'a jamais été utilisé, mais on peut imaginer que les crayons de bois l'ont été, eux, on peut imaginer que les crayons de bois remportés lors du concours de dessins de la Banque Laurentienne ont été utilisés au complet, eux, ils ont en tout cas été utilisés à cette époque-là, lors de la visite d'une travailleuse sociale dans la maison située sur la rue Médard-Bourgault à Sainte-Rose, une travailleuse sociale qui demande à l'enfant de dessiner sa famille, une travailleuse sociale qui vient visiter la famille parce que les parents veulent adopter un troisième enfant, surtout la mère, une petite fille, peut-être, Laurence, qu'elle s'appellerait ; une travailleuse sociale demande à l'enfant de dessiner sa famille et il hésite, l'enfant, il ne comprend pas tout à fait la question, lui qui pourtant aime ça dessiner, lui qui a déjà remporté un concours de dessins à la Banque Laurentienne, il ne comprend pas tout à fait la question, il ne sait pas s'il doit dessiner toute sa famille sur la feuille, ou un membre de sa famille par feuille, la travailleuse sociale ne lui répond pas, on peut imaginer qu'elle a noté la question dans son petit calepin de travailleuse sociale, on peut imaginer qu'elle répond « c'est toi qui choisis », mais il n'arrive pas à imaginer toute sa famille sur une feuille, toute sa famille réunie autour d'une activité, il aurait pu dessiner une soirée où l'on écoute *Les Simpson* au salon tous ensemble, mais non, il ne pense pas à ça, il n'arrive pas à imaginer toute sa famille réunie autour d'une activité, toute sa famille sur une feuille, alors il prend un crayon de bois de la marque Laurentien remporté lors du concours de dessins et il fait un gros X sur la feuille, un X dans un rectangle ; une croix serait plus juste, une croix dans un rectangle, tracée au crayon de bois, le chemin de croix, la plaque de bois, Médard Bourgault, le sculpteur, il faut avancer, il faut avancer quand même, il dessine une croix sur la feuille, un + dans un rectangle, il fait deux traits perpendiculaires sur la feuille pour délimiter quatre espaces et pour placer chaque membre de la famille dans sa case, en haut à gauche son père qui lave sa Saturn rouge vin, en haut à droite sa mère qui fait le ménage, en bas à gauche sa sœur qui écoute les Backstreet Boys, en bas à droite l'enfant lui-même qui joue au Nintendo : la mère, le père, la sœur et lui sur la feuille, un, cinq, neuf, trois, sept, au nom du Père et du Fils et du Saint-Esprit, amen.

On peut imaginer que la travailleuse sociale a noté dans son petit calepin que cette famille-là était désunie, qu'elle ne méritait pas un troisième enfant, une autre petite fille, une petite Laurence, une petite laurentienne, on peut imaginer que la travailleuse sociale s'est dit que cette famille-là était désunie, cette famille avec un membre dans chaque case, on peut imaginer qu'elle s'est dit qu'elle ne méritait pas un troisième enfant adopté, cette famille-là, on peut imaginer que c'est sa faute à lui, si la famille n'a pas eu un troisième enfant, la faute à son dessin, la faute à son maudit dessin de famille désunie, pas de quoi remporter un concours avec ça, on peut imaginer que le dessin n'a pas changé grand-chose, dans la mesure où la mère a laissé le père pour Marcel quelques mois après la visite de la travailleuse sociale, on peut imaginer qu'avec la petite Laurence elle n'aurait pas laissé son père pour Marcel, on peut imaginer que la travailleuse sociale avait raison de voir là une famille désunie, de voir dans le dessin de l'enfant une famille désunie, une famille où tout le monde fait sa petite affaire dans sa petite case, un présage, pas de place pour une autre petite fille dans cette famille-là.

Il faut revenir un peu en arrière avant de revenir encore un peu plus en arrière, il faut revenir en arrière dans les jours suivant la remise des prix du concours de dessins de la nouvelle Banque Laurentienne située sur l'avenue de la Renaissance au coin du boulevard Curé-Labelle. L'enfant remporte une petite tirelire en métal avec une clé et cinq pièces de deux dollars dedans. Contrairement à sa tirelire en forme de cochon que l'enfant peut ouvrir en tirant sur le bouchon en plastique noir, la tirelire en métal, elle, elle s'ouvre avec une clé, une clé en métal. Selon l'employée de la Banque Laurentienne qui explique tout ça aux enfants le jour de la remise des prix, le principe de la clé c'est de la confier aux parents pour ne pas être tenté de dépenser toutes les économies qu'elle contient, le principe de la clé confiée aux parents, c'est un peu comme le principe du billet de vingt dollars placé en sécurité dans la sacoche à sa mère, placé là jusqu'au jour où l'on va en avoir besoin pour une occasion spéciale, le principe de la clé, c'est de ne pas pouvoir sortir à tout bout de champ l'argent de la tirelire, le principe de la clé, c'est d'éviter de dépenser l'argent, mais le principe de la clé tombe à plat quand on sait où la mère la cache, la clé : la mère de l'enfant cache la clé de la tirelire en métal dans le dernier tiroir de son coffre à bijoux, son coffre à bijoux placé sur sa commode de vêtements, l'enfant sait où se cache la clé de sa tirelire en métal, alors il va la chercher une fois de temps en temps, la clé, pour s'asseoir sur le plancher de sa chambre et compter l'argent possédé, non pas pour le dépenser, mais pour le compter seulement, pour le compter et se sentir bien de posséder quelque chose à lui, quelque chose de bien rangé, rangé en sécurité dans la tirelire en métal, la tirelire en métal verrouillée à clé, il se sent bien de posséder une chose à laquelle il peut accéder en allant chercher la clé cachée dans la boîte à bijoux de sa mère, il se sent bien de posséder quelque chose plutôt que rien.

De temps en temps, il va chercher la clé de la tirelire en métal dans la boîte à bijoux de sa mère, il va la chercher une fois de temps en temps, la clé, non pas pour dépenser l'argent, mais pour le compter, l'argent, alors à force de compter l'argent, son argent, il en connaît par cœur le montant, il est en mesure de dire que le montant diminue au lieu de monter, il est en mesure de dire que quelqu'un pige dans sa tirelire, on peut imaginer qu'il n'est pas le seul à connaître l'emplacement de la petite clé puisque la petite clé est placée dans la boîte à bijoux de sa mère, on peut imaginer que sa mère connaît l'emplacement de la petite clé, on peut imaginer que sa sœur connaît l'emplacement de la petite clé, c'est elle qu'on soupçonne de voler l'argent, et tant qu'à imaginer, on peut imaginer que tout le monde connaît l'emplacement de la petite clé, on peut imaginer que grand-papa Bi connaît l'emplacement de la petite clé, puisqu'il voit tout, il voit tout à partir du ciel depuis qu'il est mort, depuis qu'il est mort en laissant derrière lui 20 000 dollars au lieu de 120 000 dollars, le gros lot de *La poule aux œufs d'or*, on peut imaginer que son père connaît l'emplacement de la petite clé, et pourquoi pas la travailleuse sociale, tant qu'à faire, pourquoi pas l'employée de la Banque Laurentienne, pourquoi pas le petit Jésus, pourquoi pas Laurence, la petite fille, la petite laurentienne, rendu là on peut imaginer toutes sortes de choses, on peut même imaginer que le montant de la tirelire n'a jamais diminué, rendu là, on peut bien s'imaginer qu'on a tout imaginé, rendu là.

Il faut revenir un peu plus en arrière, au jour où l'enfant compte l'argent de sa tirelire, sa tirelire en forme de cochon, il faut revenir au jour où il inclut dans le décompte de son argent le billet de vingt dollars donné par sa tante Marielle, donné lors d'un dîner d'anniversaire passé chez elle dans sa maison située sur la rue Martial à Fabreville, sa maison proche du parc Madeleine, le parc qui porte le même nom que sa cousine Madeleine, il faut revenir à ce jour-là quand il compte ses cennes noires, il faut revenir à ce jour-là quand il fait le décompte de son argent en incluant le billet de vingt dollars donné par sa tante Marielle, le billet de vingt dollars conservé dans la sacoche à sa mère, il faut revenir à ce jour-là quand il dit à sa mère qu'il possède vingt-et-un dollars, il faut revenir à ce jour-là quand sa mère fait le saut en apprenant le montant de vingt-et-un dollars, il faut revenir à ce jour-là quand elle lui demande « où c'est que t'as pris ça, cet argent-là ? », « d'où est-ce que ça sort, donc ? », il faut revenir à ce jour-là quand il montre à sa mère le tas de cennes noires qui totalise un dollar, il faut revenir à ce jour-là quand l'enfant montre son butin et qu'il ajoute « avec le vingt dollars de matante Marielle, ça fait vingt-et-un dollars », il faut revenir à ce jour-là quand sa mère répond « quel vingt dollars de matante Marielle ? », il faut revenir à ce jour-là quand l'enfant répond « celui que t'as mis dans ta sacoche, celui qu'elle m'a donné à ma fête », il faut revenir à ce jour-là quand sa mère répond « franchement ! », il faut revenir à ce jour-là quand sa mère répond « franchement ! Ça fait longtemps qu'il est dépensé cet argent-là », il faut revenir à ce jour-là quand sa mère répond « franchement ! Ça fait longtemps qu'il est dépensé cet argent-là, avec toutes les choses que j'achète pour toi », il faut revenir à ce jour-là pour comprendre quelque chose, il faut revenir à ce jour-là pour comprendre la logique, il faut revenir à ce jour-là qui est le seul dont on se souvient, il faut revenir à ce jour-là puisqu'on ne peut pas revenir au jour où le vingt dollars a été dépensé, il faut revenir à ce jour-là puisque le jour où le vingt dollars a été dépensé est disparu dans l'oubli, c'est un jour oublié, c'est un jour perdu, c'est un jour inventé, c'est un jour disséminé dans la suite des jours, c'est un trou, c'est un trou dans lequel le vingt dollars est tombé, c'est un trou comme le trou dans sa poche, franchement, qu'elle dit, sa mère, franchement, franchement, franchement.

20

Il travaille au Second Cup sur l'avenue du Mont-Royal, pas celui au coin de la rue Saint-André, l'autre, celui au coin de la rue Marquette, il faut marcher un peu plus longtemps à partir du métro pour s'y rendre ; il travaille au salaire minimum pour payer sa part du loyer, neuf dollars de l'heure, ça ne lui fait pas beaucoup d'argent, mais il est vraiment content de travailler sur le Plateau-Mont-Royal, c'est un rêve devenu réalité, il se sent comme les personnages de *La vie, la vie* : Simon, Vincent, Marie, Claire, Jacques, sauf que lui, il a pas une cenne, ou presque pas, il travaille au Second Cup sur l'avenue du Mont-Royal à temps partiel et il étudie au Cégep du Vieux Montréal à temps plein.

Un jour comme un autre alors qu'il travaille au Second Cup sur l'avenue du Mont-Royal, un client l'aborde au comptoir pour lui quêter vingt dollars, « désolé, monsieur », qu'il dit à l'inconnu, « j'ai pas d'argent sur moi », qu'il dit, même si c'est faux, même s'il a précisément un billet de vingt dollars dans le fond de sa poche, un billet de vingt dollars dont il a besoin pour payer sa part du loyer, « je suis vraiment mal pris », qu'il dit, l'inconnu, en racontant une histoire abracadabrante tout à fait oubliée aujourd'hui, « je suis désolé », qu'il répond, l'employé du Second Cup, « je peux pas vous aider, j'ai pas d'argent sur moi », c'est ce qu'il dit à l'inconnu en se demandant pourquoi l'inconnu insiste, puisqu'il jure ne pas avoir d'argent à lui donner, « pourquoi l'inconnu insiste alors que je dis ne pas avoir d'argent à lui donner », qu'il se demande, « mais tu peux prendre vingt dollars dans ta caisse », qu'il dit, l'inconnu, « je vais te le rapporter ce soir ou demain », qu'il promet : on comprend maintenant pourquoi il insiste, l'inconnu, il insiste parce qu'il veut que l'employé du Second Cup lui donne de l'argent de sa caisse, mais les chances que l'employé du Second Cup prenne un billet de vingt dollars dans sa caisse pour le donner à l'inconnu qui quête sont nulles, absolument nulles, il n'y a aucune chance que l'employé du Second Cup vole de l'argent dans sa caisse, c'est hors de question, il n'a jamais rien volé, jamais rien, à part un chocolat à la menthe et une revue, vraiment aucune chance, d'ailleurs il a eu bien peur, l'autre jour, sa caisse ne balançait pas, son boss était fâché noir, il a dit, son boss : « je vais être obligé de retenir ça sur ta paye », finalement on a recompté et c'était correct, mais il n'y a tout de même aucune chance que l'employé du Second Cup prenne un billet de vingt dollars dans sa caisse pour le donner à l'inconnu, vraiment aucune.

Cela dit, il s'est passé quelque chose dans la tête de l'employé du Second Cup quand l'inconnu a parlé de la caisse, il s'est passé quelque chose qui a mené l'employé du Second Cup à sortir le billet de vingt dollars de sa poche pour le lui donner, à l'inconnu, finalement, cette chose est difficile à expliquer, on n'a jamais essayé de l'expliquer, on a toujours dit « je me suis fait avoir », sans essayer de comprendre ce qui s'était passé à ce moment-là pour que tout à coup on décide de sortir le billet de vingt dollars du fond de la poche ; ce n'était pas de la compassion, on aimerait dire qu'il s'agissait d'un élan de compassion, mais ce n'était même pas ça, c'était autre chose, c'est comme si l'impossibilité de donner un billet de vingt dollars à l'inconnu était tombée quand l'inconnu a pointé le tiroir-caisse. Tant que l'employé du Second Cup maintenait qu'il n'avait pas d'argent sur lui, il était facile de dire « désolé, monsieur, j'ai pas d'argent à vous donner », l'inconnu ne voyait pas à ce moment-là le billet de vingt dollars caché dans la poche de l'employé du Second Cup, mais du moment où l'inconnu s'est mis à pointer l'argent dans la caisse, il est devenu impossible pour l'employé du Second Cup de dire qu'il n'avait pas d'argent à lui donner, à l'inconnu, de l'argent était là, sous leurs yeux, à portée de main, dans le tiroir-caisse ; une sorte de culpabilité est entrée en ligne de compte, ce n'était pas tout à fait de la culpabilité, mais on n'a pas d'autre mot pour le dire puisqu'on n'a jamais essayé de comprendre de quoi il a été question à ce moment-là.

Quand l'inconnu dit « mais tu peux prendre un billet de vingt dollars dans ta caisse », l'employé du Second Cup n'arrive plus à maintenir son discours sur l'impossibilité d'aider l'inconnu, il est rendu possible d'aider l'inconnu, et en même temps, il est impossible *moralement* pour l'employé du Second Cup de prendre un billet de vingt dollars dans sa caisse, « bon, attendez, je vais regarder », qu'il dit en fouillant dans sa poche, « tenez », qu'il dit à l'inconnu en lui tendant à contrecœur un billet de vingt dollars, c'est difficile à expliquer, on essaie du mieux qu'on peut, c'est comme s'il avait fait ça pour protéger la caisse, c'est comme s'il avait peur qu'en maintenant son refus, l'inconnu en vienne à voler vingt dollars dans sa caisse, c'est comme s'il préférait sortir un billet de vingt dollars de sa poche et le donner à l'inconnu que de prendre le risque que ça dégénère, le risque d'avoir une caisse qui ne balance pas, le risque d'être renvoyé du Second Cup, le risque de ne plus arriver à payer son loyer, le risque de n'avoir nulle part où aller, le risque de disparaître dans un trou, un trou au fond de sa poche, un trou au creux de lui-même, son raisonnement devait ressembler à ça, même si ce n'était pas tout à fait un raisonnement, c'est son corps qui tout seul s'est mis à bouger : la main est plongée dans la poche, la bouche a dit « attendez, je vais voir », et elle a dit « tenez », alors que la main tendait le billet de vingt dollars : le corps a parlé, la raison n'était plus impliquée dans cette suite d'actions, les actions se sont enchaînées suivant une logique qu'on peut prendre le temps de déchiffrer aujourd'hui, mais qui à ce moment-là ne répondait à rien d'autre qu'à une impulsion, l'impulsion d'un jeune homme qui s'imagine être en dette avec la vie, un jeune homme qui voit sa naissance comme une transaction à rembourser au premier venu ; « bon, attendez, je vais regarder », qu'il a dit en sortant un billet de vingt dollars de sa poche pour le tendre à l'inconnu, l'inconnu qui ne lui a jamais remis son billet de vingt dollars, finalement : l'inconnu est revenu plusieurs fois au Second Cup sur l'avenue du Mont-Royal en disant chaque fois « je t'oublie pas ! » et en racontant chaque fois une nouvelle histoire abracadabrante pour expliquer qu'il n'était pas encore en mesure de rembourser le vingt dollars, « je t'oublie pas, je te ramène ça demain ! » qu'il disait, sans jamais ramener ça demain, mais en revenant tout de même s'acheter un petit café une fois de temps en temps, ce qui avait pour effet d'humilier l'employé du Second Cup qui aurait préféré que l'homme disparaisse et ne revienne plus jamais au Second Cup au coin de la rue Marquette, qu'il aille donc à l'autre Second Cup, celui au coin de la rue Saint-André ! Qu'il aille donc voler une Banque Laurentienne, qu'il aille donc voler un dépanneur, un IGA, un St-Hubert ou un Uniprix !

Mais comment se fait-il que les billets de vingt dollars disparaissent les uns après les autres ?

Aujourd'hui, ça lui arrive de donner un billet de vingt dollars à un inconnu dans la rue sans faire d'histoire, aujourd'hui ça n'a plus d'importance, à l'échelle de son salaire, son-salaire-mon-salaire ; aujourd'hui, il nous arrive de donner un billet de vingt dollars à un inconnu dans la rue sans faire d'histoire, mais vingt dollars quand on a seulement un dollar en cennes noires dans une tirelire, c'est toute une somme, vingt dollars quand on travaille au salaire minimum, c'est pas mal non plus ; aujourd'hui on se demande combien coûtera chaque exemplaire de ce livre en train de s'écrire s'il finit par être publié, s'il finit par finir de s'écrire, ce sera un peu plus que vingt dollars, peut-être vingt-cinq, peut-être trente, tout augmente, plus on écrit, plus ça monte, plus on écrit, plus ça risque de dépasser vingt dollars, on va prendre quatre-vingt-dix pour cent là-dessus, l'éditeur, l'imprimeur, le distributeur, il y aura aussi les copies prêtées, il y aura les copies achetées mais non lues, les copies pilonnées, les copies copiées, il faut en finir avec ça, on n'est jamais quitte avec la vie, il faut avancer, il faut avancer quand même, on n'est jamais quitte avec la vie, la vie la vie.

20

Marcel est pas fort sur les cadeaux, l'enfant le sait, la mère le sait, tout le monde le sait, si c'était juste de Marcel, il n'y aurait aucun cadeau sous le sapin, pas de cadeau à Noël, « on n'a pas besoin de t'ça », qu'il dit, Marcel, mais l'enfant, lui, il aime ça les cadeaux, évidemment, et cette année il espère recevoir un Nintendo 64 pour Noël, mais Marcel, de son côté, les cadeaux, c'est pas important, c'est du gaspillage, Marcel aime pas ça dépenser pour les cadeaux, mais il fait quand même attendre tout le monde le vingt-quatre au soir jusqu'à minuit, il permet le déballage des cadeaux à minuit seulement, pas avant, c'est comme ça dans sa maison, c'est comme ça dans sa maison mobile, l'enfant n'en peut plus d'attendre, rendu là, la hâte se transforme en tristesse, sa hâte de recevoir un Nintendo 64 se transforme en tristesse d'attendre jusqu'à minuit, tristesse du corps qui fatigue et de l'excitation qui fuit ; il aime ça les cadeaux, l'enfant, comme sa mère, sa mère aussi elle aime ça les cadeaux, dans les semaines avant Noël, elle arrête pas de faire des commentaires sur le fait que Marcel est mieux de lui offrir un beau cadeau, un cadeau qui a du bon sens, avec tout ce qu'elle fait pour lui, elle dit ça à l'enfant, « avec tout ce que je fais pour lui », elle dit ça à l'enfant au lieu de dire ça à Marcel, ce qui fait de l'enfant un intermédiaire entre elle et Marcel, et l'enfant n'a pas seulement la tâche de dire à Marcel que sa mère veut un beau cadeau qui a du bon sens, il a aussi la tâche de convaincre Marcel d'en acheter un, un cadeau, il faut le convaincre, ça lui tente pas, à Marcel, d'acheter des cadeaux, faut le forcer un peu.

La mère n'a pas nécessairement dit à l'enfant de passer le message à Marcel, mais l'enfant sait déchiffrer les désirs de sa mère, il déchiffre une mission dans la plainte de sa mère, et peut-être qu'elle l'a vraiment demandé, aussi, ce n'est pas impossible, « tu lui diras, à Marcel, qu'il est mieux de m'acheter un beau cadeau », qu'elle a peut-être dit à l'enfant, comment savoir, il se sent en tout cas investi d'une mission, les semaines avant Noël sont assez pénibles merci, il se tient au courant des intentions de Marcel concernant le cadeau de Noël à sa mère, « il va-tu finir par l'acheter », qu'il se dit, l'enfant, il a peur que Marcel n'achète aucun cadeau à sa mère et que la soirée de Noël soit gâchée, un désastre, alors l'enfant insiste auprès de Marcel, « vas-tu acheter un cadeau à ma mère bientôt ? » qu'il demande à Marcel pendant que Marcel roule ses cigarettes, « veux-tu que je t'aide ? » qu'il demande à Marcel.

Il finit par aller au Carrefour Laval avec Marcel dans sa vieille Mazda grise, la vieille Mazda grise et emboucanée, grise dedans dehors, il finit par montrer à Marcel les choses que sa mère aime, il pense connaître assez bien ce que sa mère aime vu qu'il va souvent au Carrefour Laval avec elle pour faire des commissions ; sa mère s'arrête souvent dans toutes sortes de bijouteries pour regarder les bijoux, « c'est comme des aimants ! » qu'il dit, l'enfant, à sa mère, à propos des bijouteries, se rendant bien compte de l'effet magnétique des bijouteries sur sa mère qui entre dans toutes les bijouteries pour regarder les bijoux, pour en acheter des fois, mais des bijoux c'est cher et Marcel veut pas payer une fortune pour un cadeau de Noël, il est pas riche, Marcel, sinon il ne roulerait pas ses cigarettes lui-même ; l'enfant se retrouve dans la situation de devoir imaginer un moyen de satisfaire Marcel et de satisfaire sa mère en même temps, c'est pas évident, c'est mathématiquement impossible, même, il est coincé, il s'est coincé, on l'a coincé, ça revient au même, il pense toutefois que ça serait possible de satisfaire et sa mère et Marcel s'il trouvait le bon cadeau, la bonne affaire à acheter, un beau cadeau pas cher, un beau cadeau pas cher qui a l'air cher, un beau cadeau cher et pas cher en même temps, ça l'angoisse, ça lui donne mal au ventre, il a l'impression que Noël et la joie de sa mère tiennent sur ses épaules, il ne sait pas trop quoi faire, il finit par montrer à Marcel une bijouterie où ça coûte pas trop cher, une bijouterie où sa mère s'arrête des fois, c'est pas tout à fait une bijouterie, c'est un kiosque, un kiosque dans l'allée du Carrefour Laval, un kiosque où sa mère s'arrête souvent, Bijoux du monde, alors il suggère cet endroit-là à Marcel et c'est là que Marcel finit par acheter un bijou pour sa mère, des boucles d'oreilles à vingt dollars, l'enfant est soulagé, pour un temps.

C'est des boucles d'oreilles à vingt dollars, des améthystes, la vendeuse parle de leurs propriétés apaisantes : pureté, amour, fidélité, c'est des boucles d'oreilles qui calment, qui favorisent le lâcher-prise, c'est des boucles d'oreilles à vingt dollars, mais on va enlever le prix avant de les emballer de toute façon, l'enfant se doute bien que sa mère aimerait recevoir de Marcel un cadeau plus dispendieux, mais il ne sait pas comment convaincre Marcel de dépenser un peu plus que vingt dollars pour le cadeau, il lui dirait bien d'arrêter de fumer, d'arrêter de boire, mais ça mettrait Marcel en colère, et il voudrait bien contribuer au cadeau lui-même, mais il a pas une cenne, il a douze ans et pas une cenne à lui, c'est de son temps et de son pouvoir de persuasion qu'il peut payer, c'est sa seule monnaie, mais finalement on sort du Carrefour Laval avec un bijou à vingt dollars acheté chez Bijoux du monde, des améthystes, l'enfant se dit qu'on va enlever le prix et qu'un bijou, ça ressemble toujours à un autre bijou, et qu'une pierre semi-précieuse c'est mieux qu'une pierre pas précieuse, dans le meilleur des cas elle va penser que c'est un bijou qui vaut cher, un bijou qui vaut cent dollars, un bijou qui vaut deux-cents dollars, un bijou à la hauteur de tout ce qu'elle fait pour Marcel, il sort du Carrefour Laval soulagé que Marcel ait au moins acheté quelque chose plutôt que rien.

Sa mère a l'air contente sur les photos, elle est resplendissante, elle tient les boucles d'oreilles dans l'emballage à la hauteur de ses oreilles, pour la photo, elle sourit, ça a l'air sincère, l'enfant hors de la photo est soulagé de la voir ainsi souriante pour l'appareil, il est content, et comme il a reçu un Nintendo 64 ce Noël-là, il finit par arrêter de penser à sa mère, pour un temps, sur une autre photo on voit son air extatique, il l'était, il n'y a dans son cas aucune différence entre le sentiment réel et le sentiment visible sur la photo, contrairement à sa mère qui sourit sur la photo mais qui est triste en vérité : la photo de la mère ne montre pas l'intérieur de la mère, elle montre seulement l'extérieur de la mère, et entre les deux il y a un écart, la photo ne montre pas la mère qui soupire les jours suivants, qui soupire non pas devant Marcel qu'elle ne veut pas mettre de mauvaise humeur, mais qui soupire devant l'enfant quand Marcel est parti travailler, ou quand Marcel dort, parce qu'il dort le jour, Marcel, c'est un gardien de sécurité, il faut bien qu'elle soupire quelque part ; la photo de la mère ne montre pas la mère qui soupire devant l'enfant et qui dit à l'enfant « franchement, il aurait pu se forcer un peu » ; la remarque a beau s'adresser à Marcel et non à l'enfant, ça revient au même pour l'enfant qui se sent responsable du choix de bijou, puisque c'est lui qui a eu l'idée d'acheter un bijou chez Bijoux du monde, l'enfant se dit qu'il aurait peut-être dû trouver un autre bijou, un bijou cher et pas cher en même temps, il se dit qu'il aurait peut-être dû trouver un moyen de convaincre Marcel de mettre un peu plus d'argent sur le bijou, il essaie de pas trop y penser parce que ça lui donne mal au ventre, tout ça, il y a un point où penser à ça, ça coupe sa respiration, l'enfant inspire mais ça bloque, ça bloque à un certain point, il ne respire pas jusqu'au bout, il s'imagine qu'en respirant un grand coup ses poumons vont éclater, il essaie de pas trop penser à ça, il arrive à ne pas trop penser à ça quand il joue au Nintendo 64, pendant ce temps-là il arrête de penser à ça et il respire bien, une chance qu'il a reçu un Nintendo 64 à Noël, une chance.

Mais un jour il se retrouve au Carrefour Laval avec sa mère qui a bien deviné de quel kiosque venait le bijou offert par Marcel, « comment elle a pu deviner ? » qu'il se demande, l'enfant, « comment elle a pu deviner ? » qu'il se demande, lui pour qui tous les bijoux se ressemblent, et elle pointe le kiosque à bijoux au milieu de l'allée, Bijoux du monde, et elle demande à son fils si c'est là que Marcel a acheté les boucles d'oreilles, « franchement, c'est-tu là qu'il a acheté mon cadeau ? »

qu'elle demande à son fils en pointant le misérable kiosque de bijoux qui tout à coup devient pour l'enfant le plus misérable kiosque de bijoux au monde, Bijoux du monde, « c'est-tu celles-là », qu'elle demande, sa mère, en pointant les améthystes à vingt dollars étalées sur le kiosque à bijoux, les toutes petites améthystes misérables, les stupides améthystes ; elle a beau être déçue de Marcel et non de l'enfant, c'est quand bien même l'enfant qui a conseillé Marcel, c'est lui qui a dit à Marcel que sa mère achetait des bijoux là des fois, c'est peut-être même l'enfant qui a choisi les améthystes, comment savoir, mais qu'est-ce qu'il aurait pu faire d'autre, l'enfant, puisque Marcel ne voulait pas dépenser une cenne, aurait-il fallu qu'il en donne encore plus, qu'il donne tout ce qu'il a à l'intérieur ? aurait-il fallu qu'il aille quêter vingt dollars au dépanneur ? aurait-il fallu qu'il vole une banque pour acheter un beau cadeau à sa mère, un cadeau vraiment cher ? aurait-il fallu qu'il retourne son corps comme un gant pour sortir tout ce qu'il avait en dedans ? peut-être, c'est peut-être ce qu'il faut faire pour laisser entrer l'air dans les poumons, pour pouvoir prendre une grande respiration et pousser un grand respir, pousser, pousser, il faut pousser le pousse-mine.

20

Depuis que sa mère a laissé Marcel, l'enfant passe Noël avec sa mère et sa sœur seulement, on n'a plus besoin d'attendre jusqu'à minuit pour ouvrir les cadeaux. Il est content, l'enfant, mais les cadeaux posent encore un problème, les cadeaux posent encore un problème parce qu'il aime ça offrir des cadeaux à sa mère, mais Marcel n'est plus là pour en acheter, des cadeaux ; il avait beau acheter des mauvais cadeaux, Marcel, il pouvait au moins en acheter, des cadeaux, alors que lui, l'enfant, il a aucun argent de poche pour en acheter, des cadeaux ; tout ce qu'il peut offrir à sa mère, c'est des beaux dessins, des belles cartes de Noël avec des mots gentils à l'intérieur, des choses qui coûtent rien : c'est pas assez, sa mère est triste, elle veut revivre les Noëls d'antan où ça jasait, où ça dansait, où ça criait de joie, où ça s'offrait des cadeaux en masse, sa mère veut revivre les Noëls d'avant Marcel, avec la famille élargie, matante Marielle et les autres, tout le monde que Marcel a fait fuir pour longtemps ; il ne reste que sa mère, sa sœur et lui, et même là on pourrait dire qu'il ne reste que sa mère et lui, mais à Noël, à Noël au moins, à Noël au moins on est trois.

Alors pour que l'enfant puisse tout de même offrir un cadeau de Noël à sa mère, sa mère a imaginé un stratagème : quelques semaines avant Noël, avant le premier Noël sans Marcel, elle amène son fils au Carrefour Laval et lui donne un billet de vingt dollars, un billet de vingt dollars pour qu'il achète un cadeau, un cadeau pour elle, et pendant ce temps-là elle achète un cadeau pour lui, et le cadeau pour elle vient avec des directives, elle veut quelque chose de précis : un brûleur à huiles essentielles ; elle donne à son fils un billet de vingt dollars pour qu'il achète un brûleur à huiles essentielles, c'est ce qu'elle veut, le fils doit acheter un brûleur à huiles essentielles à sa mère avec le billet de vingt dollars à sa mère, il faut acheter un brûleur à huiles essentielles, le ramener dans le demi-sous-sol à Blainville, l'emballer, le déposer sous le sapin afin que sa mère le déballe sans surprise le soir de Noël, c'est ça le plan, mais ce plan déçoit l'enfant qui a des envies de surprise et de folie, il ne veut pas se résigner à acheter à sa mère la chose attendue, il veut acheter à sa mère quelque chose de spécial qui pourrait provoquer des exclamations de joie, il veut acheter à sa mère quelque chose d'inattendu auquel seulement lui aurait pensé, il veut offrir à sa mère un morceau de lui, il veut faire partie du cadeau, il veut faire plaisir à sa mère et se faire plaisir en même temps, il veut acheter à sa mère quelque chose de fabuleux, quelque chose que sa mère veut et qui n'est pas nécessairement quelque chose qu'elle dit vouloir, il ne veut pas acheter un brûleur à huiles essentielles, d'ailleurs il ne comprend même pas ce que c'est, un brûleur à huiles essentielles, il a jamais vu ça, à la maison on a des chandelles en masse, mais aucun brûleur à huiles essentielles.

Alors pendant que sa mère est en train de lui acheter un cadeau, il entre dans quelques boutiques, des boutiques qu'il connaît, il entre dans quelques boutiques pour trouver quelque chose de spécial, quelque chose de très spécial, susceptible d'engendrer la joie, il se rend vite compte que la tâche est ardue, plus ardue qu'il pensait, surtout avec seulement vingt dollars à dépenser, alors l'idée lui vient d'aller au Dollarama, le Dollarama du Carrefour Laval qui n'est pas un vrai Dollarama, c'est un magasin qui ressemble au Dollarama mais où l'on trouve des produits à cinq dollars, des produits à dix dollars et des produits à quinze dollars, ce magasin-là on le nomme tout de même Dollarama ; il ne faut pas avoir honte d'acheter des choses là, qu'il se dit, l'enfant, il y a des belles choses au Dollarama, on trouve des belles choses au Dollarama quand on cherche un peu, c'est le numérologue de sa mère qui l'a dit, on peut même trouver des choses à cinq dollars, à dix dollars et à quinze dollars, alors il cherche, il fait le tour des rayons du faux Dollarama, et voilà que lui apparaît un cadeau parfait : un chandelier en forme de tulipe à quinze dollars plus taxes, c'est parfait, qu'il se dit, l'enfant, l'enfant qui fait toutes sortes de liens dans sa tête en apercevant le chandelier en forme de tulipe, il se rappelle la prédiction du numérologue : « cette année, Linda, ton signe, c'est la tulipe », c'est ce qu'il a dit, le numérologue ; l'enfant, lui, il se dit qu'un chandelier c'est dans la même famille que les brûleurs à huiles essentielles, ce n'est pas la même chose, mais c'est assez similaire pour que le cadeau témoigne d'une considération pour le désir de sa mère, c'est ce qu'il se dit, et la tulipe, c'est son signe cette année, le signe à sa mère, la tulipe, c'est ce qui promet d'apporter du bonheur à sa mère, c'est ce qu'il a dit, le numérologue, alors c'est ce qu'il achète : un beau chandelier en forme de tulipe, un beau chandelier trouvé au magasin préféré du numérologue, en plus, les astres sont alignés pour faire plaisir à sa mère.

Vient un moment où la mère et l'enfant se retrouvent en face de la fontaine avant de retourner à l'auto, la fontaine remplie de cennes noires, la fontaine à vœux, c'est leur point de rencontre ; vient un moment où la mère, impatiente, jette un regard au contenu du sac de l'enfant pour voir s'il a réalisé son vœu, son vœu d'un brûleur à huiles essentielles, elle a vu le nom du faux Dollarama sur le sac de l'enfant et ce nom-là, oublié aujourd'hui, a éveillé une certaine inquiétude en elle, elle a dû se dire que des brûleurs à huiles essentielles, on n'en trouve pas dans un magasin comme celui-là d'habitude, alors elle jette un œil au sac de l'enfant, aussi bien dire qu'elle regarde dans le sac, aussi bien dire qu'elle gâche la surprise, rendu là ; vient un moment où elle regarde dans le sac et s'exclame avec déception et panique dans la voix : « c'est pas ça que je t'avais demandé ! Je t'avais demandé un brûleur à huiles essentielles ! », c'est ce qu'elle dit à l'enfant, l'enfant qui est pris d'un grand vertige de regret et de déception à son tour, l'enfant qui perd une partie de son souffle, l'enfant qui se défait en morceaux, non seulement la surprise est gâchée, non seulement le cadeau ne provoque pas la joie et l'étonnement désirés, mais en plus le cadeau provoque la colère de sa mère qui avait pourtant dit ce qu'elle souhaitait : un brûleur à huiles essentielles, « ça, c'est pas un brûleur à huiles essentielles, c'est un chandelier ! » qu'elle dit, sa mère, devant la fontaine à vœux ; alors vient un moment où l'enfant retourne au magasin pour se faire rembourser son maudit chandelier en forme de tulipe, son maudit chandelier du maudit, « désolé : aucun échange et aucun remboursement », qu'elle dit, la caissière à sa caisse, « désolé, mon garçon », qu'elle dit ; il faut voir l'enfant pleurer devant la caissière comme il a pleuré devant Margot Turcotte, il faut voir l'enfant essayer toutes sortes de tactiques pour convaincre la caissière de lui rembourser le maudit chandelier en forme de tulipe, « je me suis trompé, c'est pas ça que je voulais », qu'il dit, « je suis désolé, j'en ai déjà un pareil à la maison », qu'il dit, « je pensais que c'était un brûleur à huiles essentielles », qu'il dit à la caissière, même si c'est faux,

« je viens juste de l'acheter, il est même pas utilisé », qu'il dit à la caissière, « s'il vous plaît, madame », qu'il dit à la caissière, il faut voir l'enfant quitter bredouille le magasin, il faut voir l'enfant retourner dans l'auto avec le maudit chandelier pas remboursé par la maudite caissière du maudit magasin, il faut voir l'enfant honteux emballer son maudit chandelier en forme de tulipe, il faut voir l'enfant placer le cadeau emballé sous le sapin, il faut voir la mère déballer sans joie son chandelier le soir de Noël, « c'est pas comme avant », qu'elle dit ce soir-là, « c'est pas comme avant », il faut voir la mère déballer son cadeau sans feindre la joie, sans même sourire pour la photo, sans même un sourire pour pas fâcher Marcel, Marcel qui n'est pas là.

On ne pourra pas enlever ça à Marcel : au moins chez Marcel il y avait des moments de joie feinte durant lesquels l'enfant pouvait se reposer un peu, respirer un peu, croire un peu à la joie de sa mère, mais depuis que sa mère a laissé Marcel, elle s'ennuie de Marcel, c'est pas mieux, elle s'ennuie de Marcel et elle attend son Lorenzo, c'est pas un chandelier en forme de tulipe qui va régler ça et c'est pas un chandelier en forme de tulipe qui va l'empêcher de revenir avec Marcel, maudit, elle va revenir avec Marcel, l'enfant ne le sait pas encore, mais nous on le sait : la main, le pousse-mine, moi, on le sait, on le sait parce qu'on est *après*, pas *pendant* ; peut-être que si l'enfant avait acheté un brûleur à huiles essentielles comme sa mère l'avait demandé au lieu d'acheter un maudit chandelier en forme de tulipe, elle ne serait pas revenue avec Marcel, sa mère, peut-être que s'il avait réalisé son vœu à elle, l'enfant, au lieu de réaliser son vœu à lui, elle ne serait pas revenue avec Marcel, mais son vœu à lui c'est de réaliser son vœu secret à elle, comment différencier son vœu à lui et son vœu à elle, comment savoir ; si au moins il avait acheté un brûleur à huiles essentielles au lieu de faire à sa tête et d'acheter un maudit chandelier en forme de tulipe, elle aurait peut-être rencontré son Lorenzo, sa mère, maudit chandelier, maudit magasin, maudite tulipe, maudit brûleur, maudite huile essentielle, maudit numérologue, maudit Marcel.

20

« T'AIMES ÇA, ÇA ? » qu'elle dit, sa mère, lorsqu'elle entend une chanson qu'elle n'aime pas vraiment mais que son fils aime, lui, « t'aimes ça, ça ? » qu'elle dit pour marquer l'écart entre son désir à elle et son désir à lui, « t'aimes ça, ça ? » qu'elle dit devant les vidéoclips que l'ado regarde à MusiquePlus, des vidéoclips de Radiohead, de Björk ou des White Stripes, des vidéoclips de toutes sortes de groupes comme ça qu'il découvre vers la fin du secondaire, toutes sortes de groupes de musique qui remplissent maintenant la fonction que remplissait jadis le Nintendo 64 pour le calmer et lui permettre de respirer un peu : quand il écoute Radiohead, Björk ou les White Stripes, il se sent sortir du monde, ça le calme, ça l'apaise, les atmosphères aériennes ou les bruits qui remplissent la tête et enterrent les pensées, ça l'apaise, les ballades mélancoliques, les cris et les plaintes, et quand il a assez d'argent, il achète des CD pour se sortir du monde, c'est sa nouvelle passion.

« T'aimes ça, ça ? » qu'elle dit, sa mère, sans se rendre compte qu'elle prononce là la phrase inaugurale d'un écart grandissant entre elle et lui, une sorte de décollement qui ne va aller qu'en grandissant, « t'aimes ça, ça ? » qu'elle dit, sans savoir que cette formule témoigne de l'écart qui se creuse entre elle et lui, un écart qui s'installe par le relai de la musique, des films et des émissions, un écart qui s'installe quand le fils découvre de la musique, des films et des émissions qui correspondent à son désir à lui mais pas à son désir à elle, c'est nouveau, c'est nouveau parce que durant longtemps on aurait dit que la mère et le fils partageaient les mêmes désirs, durant longtemps la mère et le fils écoutaient les mêmes affaires, durant longtemps le fils écoutait ses téléromans favoris deux fois : une fois tout seul en revenant de l'école et une fois à neuf heures et demie le soir avec sa mère après son quart de travail ; durant longtemps le fils enregistrait ses téléromans favoris sur des cassettes VHS pour les réécouter avec sa mère à neuf heures et demie le soir : *Watatatow*, *Annie et ses hommes*, *L'auberge du chien noir*, toutes sortes d'émissions comme ça, et tranquillement un écart apparaît entre les émissions aimées par le fils et les émissions aimées par la mère.

Par exemple, la mère aime mieux *Les détecteurs de mensonges* que *Des chiffres et des lettres*. Lui, le fils, il adore écouter *Des chiffres et des lettres* à TV5 : « voyelle », « consonne », « voyelle », « consonne », « le compte est bon », il adore ça, il enregistre les épisodes sur des cassettes VHS et il appuie sur pause pour se donner le temps de compter, pour se donner le temps de trouver des mots, il adore appuyer sur pause et prendre son temps pour faire un peu d'ordre dans les chiffres et les lettres à l'écran, il adore trouver de longs mots, de très longs mots, c'est pas facile, il n'y arrive pas souvent, mais quand ça arrive, quand il ne reste plus aucune lettre, ou quand il arrive rapidement au bon compte avec les chiffres disponibles à l'écran, c'est toujours la joie, une vraie joie, il jubile, son corps tremble, il tremble dedans dehors, c'est le début d'une passion qu'il retrouvera plus tard, à l'université, en littérature, où il va lire et lire et lire, où l'écart va grandir et grandir, encore et encore.

Un écart apparaît entre les émissions aimées par le fils et les émissions aimées par la mère, donc, la mère aime mieux *L'auberge du chien noir* que *La vie, la vie*, par exemple, un écart se creuse entre la mère et le fils quand le fils écoute *La vie, la vie* et que son cœur bat plus fort que celui de sa mère, un écart se creuse en même temps qu'il éprouve de l'amour pour le personnage de Claire, de l'amour pour les répliques de Claire, un écart se creuse entre sa mère et lui quand Jacques embrasse Gilbert et que sa mère fait le saut, un écart se creuse entre sa mère et lui quand Jacques embrasse Gilbert et que l'ado s'imagine une vie à Montréal où un homme peut embrasser un autre homme, un écart se creuse là quand l'ado essaie en vain de faire aimer à sa mère des choses qu'il aime et qu'il découvre sans elle :

de la musique, des films, des émissions, des livres, un écart se creuse quand on doit arrêter un film en plein milieu parce que sa mère ne comprend pas l'histoire : *Dans la peau de John Malkovich*, *Du soleil plein la tête*, deux films qu'il faut arrêter en plein milieu parce que sa mère aime pas ça ne rien comprendre, alors que lui il aime ça ne rien comprendre, un écart se creuse fait de livres, d'émissions, de films et de musique.

Et pour ce qui est de la musique, le fils aimerait ça en posséder davantage, en posséder beaucoup, mais il a pas une cenne, on est à la fin du secondaire, il ne travaille pas encore au Second Cup sur l'avenue du Mont-Royal et le seul argent qu'il reçoit, c'est un chèque de pension alimentaire de cent-trente dollars par mois qui transite entre ses mains pour finir dans la sacoche à sa mère afin de payer la compote de pommes et les gâteaux Vachon, il a pas une cenne alors il demande à son père une fin de semaine sur deux de lui acheter un CD au HMV à Montréal, c'est ce qu'il fait, « on pourrait-tu aller m'acheter un CD au HMV ? » qu'il demande à son père, c'est ce qu'ils font ensemble, c'est ce qu'on fait, ça devient un rituel : une fin de semaine sur deux, le père donne au fils un billet de vingt dollars et le fils choisit chaque fois d'aller au HMV avec son père pour le dépenser, il s'achète tous les CD de Radiohead, tous les CD de Björk et tous les CD des White Stripes, et les CD s'accumulent dans le salon du demi-sous-sol à Blainville, l'ado fait une pile, il met les CD les uns sur les autres, et quand la pile commence à être bien visible, bien haute et visible, la mère demande à l'ado « où c'est que t'as pris ça, ces CD-là ? », « d'où est-ce que tu sors ça ? » et l'ado explique à sa mère le rituel mis en place avec le père, le rituel qui implique une fin de semaine sur deux d'aller dépenser vingt dollars au HMV, les vingt dollars de son père, il explique le rituel à sa mère et sa mère est très étonnée, elle fait le saut, elle savait pas ça, elle savait pas que son fils recevait une fin de semaine sur deux un billet de vingt dollars pour aller s'acheter un CD au HMV, « je savais pas ça ! » qu'elle dit, sa mère, elle en aurait peut-être eu besoin de cet argent-là, « j'en aurais peut-être eu besoin de cet argent-là », qu'elle dit à son fils qui se permet d'ériger entre elle et lui une pile de CD ostentatoire, « j'en aurais peut-être eu besoin de cet argent-là », qu'elle dit à son fils qui se permet d'ériger une pile de CD dans le salon pas de portes de leur appartement à Blainville, alors qu'elle aurait peut-être eu besoin de cet argent-là, « j'en aurais peut-être eu besoin de cet argent-là », qu'elle dit en vrai ou qu'elle dit dans la tête de l'ado, l'ado à la fois excité et coupable de voir ainsi la pile de CD s'ériger jusqu'au ciel comme un mur entre sa mère et lui, est-ce qu'elle a vraiment dit ça ? est-ce vraiment ce qu'elle a dit ? le souvenir est-il juste ? On pense aux *Détecteurs de mensonges*, on pense à Patrice L'Écuyer, l'animateur, « deux vérités et un mensonge », qu'il dit à ses invités, c'est la règle, il faut deviner le mensonge parmi les trois énoncés, mais comment savoir, comment départager la vérité du mensonge, le souvenir de l'invention ; « j'en aurais peut-être eu besoin de cet argent-là », qu'elle dit, peut-être, la mère, en voyant la pile de CD grandir, grandir comme son fils qui grandit, « t'aimes ça, ça ? » qu'elle dit en entendant la musique aimée par son fils : un écart se creuse, un écart se creuse enfin, c'est un trou dans lequel on peut tomber, il faut bien se tenir.

24

Sa directrice de thèse l'invite à lire l'œuvre de Michael Delisle, « il me semble qu'il charrie les thèmes qui t'intéressent », qu'elle dit : l'enfance, la mort, la dette, la violence, l'inceste, ce genre de thème, alors il se rend à la bibliothèque de l'université pour consulter son œuvre, disons qu'on se rend à la bibliothèque de l'université pour consulter son œuvre, disons ça, disons « on », on est rendu là, on est presque rendu à soi, on se rend à la bibliothèque pour consulter l'œuvre de Michael Delisle, on ouvre les livres les uns après les autres pour les feuilleter rapidement, ça nous intéresse effectivement, et quand on ouvre le roman intitulé *Tiroir n°24*, un paquet de pilules contraceptives qui servait de signet à la lectrice précédente tombe du livre : un signet, un signe, on dirait un signe. On ne croit pas aux signes comme tels, mais on aime la coïncidence : un signet, un signe, la mort, l'enfance, les pilules contraceptives, les enfants non nés, alors on emprunte tous les livres de Michael Delisle, on les lit tous, on passe quatre années de notre vie à les lire et à les relire, à les décortiquer, à les analyser, on écrit notre thèse sur l'œuvre de Michael Delisle, sur ses romans, ses nouvelles, ses récits, ses poèmes, on connaît Michael Delisle mieux que nous-même – on sait qu'il faudrait écrire « soi-même » et non « nous-même », on sait que le pronom « on » s'accorde à la troisième personne du singulier, pourtant on n'en démord pas, on a l'impression d'être plusieurs là-dedans, on a l'impression d'être pluriel : l'adulte et l'enfant, la voix et la main, celui qui pense et celui qui pousse le pousse-mine, le personnage et l'auteur, le vrai et le faux, on est plusieurs là-dedans, on est plusieurs à vouloir tenir dans un mot –, on connaît Michael Delisle mieux que nous-même, donc, il faut dire Mi-ka-el Delisle même s'il n'y a pas de tréma sur le « e », c'est comme ça qu'il faut le dire et c'est comme ça qu'il faut le lire, on le sait parce qu'il le mentionne quelque part, Michael Delisle, il dit ça dans une entrevue, il dit que dans sa famille on l'appelle Mike, il dit que c'est Claude Beausoleil qui a commencé à l'appeler Mi-ka-el, que personne dans sa famille ne l'a jamais appelé comme ça, mais que c'est comme ça qu'on l'appelle aujourd'hui, « quand j'ai commencé à écrire », qu'il dit, « quand j'ai commencé à écrire, les gens ont prononcé Mi-ka-el Delisle et j'ai laissé faire. C'est resté. Je pense même que c'est Beausoleil qui a commencé ça. Il m'a donné mon nom », c'est ce qu'il dit dans une entrevue ; on passe quatre années de notre vie à le lire, à lire l'œuvre de Michael Delisle, à être attentif aux coïncidences, on essaie durant quatre années de faire émerger du sens de l'œuvre à partir des coïncidences, on adore ça, les coïncidences, on sait qu'il ne faut pas les forcer, les coïncidences, sinon tout s'effondre, sinon ça ne sert à rien, sinon on est dans le registre de la fraude, de la fraude intellectuelle, mais on les cherche, les coïncidences, il y en a qui ont de la valeur et il y en a qui n'ont pas de valeur.

Pour donner l'exemple d'une coïncidence qui n'a pas de valeur, on pourrait mentionner celle de la pilule contraceptive tombée du livre : c'est une belle coïncidence, mais c'est une coïncidence qui n'a aucune valeur intellectuelle. Tout à l'heure, on a interrompu le mouvement de la main, le mouvement du pousse-mine, pour demander à notre amie Martine si les paquets de pilules contraceptives contenaient vingt-quatre pilules, on aurait aimé qu'il y ait ici une autre coïncidence, une coïncidence entre le titre du livre de Michael Delisle et le nombre de pilules contraceptives dans le paquet tombé du livre, le paquet-signet, le paquet-signe, mais non, elle a dit qu'un paquet de pilules contraceptives pouvait contenir vingt-et-une ou vingt-huit pilules, selon la sorte, la coïncidence n'aurait de toute façon eu aucune valeur intellectuelle, elle aurait eu une valeur ici, une valeur dans ce texte, une valeur poétique, une valeur dans l'analyse de notre propre histoire, mais pas une valeur dans l'analyse de l'œuvre de Michael Delisle, il ne faut pas forcer les coïncidences, mais les coïncidences, c'est tout ce qu'on demande à la vie, les coïncidences apaisent, comme l'améthyste, elles rapetissent l'écart, elles mettent de l'ordre quelque part, les coïncidences surgissent à tout moment, par hasard, comme ça, on les voit devant nous, dans le désordre des chiffres et des lettres qui composent une vie, on les entend dans notre tête, elles nous tombent dessus, on les attrape au passage, elles nous prennent par la main, elles passent de la tête au pousse-mine.

Depuis tout à l'heure, on entend la voix de Serge Thériault et la voix dit : « vingt-quatre ! c'est facile à retenir : vingt-quatre ! », c'est une réplique de la pièce *Les voisins* de Louis Saïa et Claude Meunier, la pièce dont on n'a vu que la version cinématographique ; à un moment donné, le personnage interprété par André Ducharme calcule la pression sur un pneu et il demande à son père interprété par Serge Thériault : « c'est combien déjà les pneus ? », et son père répond : « Vingt-quatre ! c'est facile à retenir : vingt-quatre ! », c'est du moins ce qu'on entendait dans notre tête avant d'aller vérifier sur YouTube et de constater que vingt-quatre n'est pas le bon chiffre, vingt-six est le bon chiffre, ce qu'on dit dans la pièce, c'est plutôt : « Vingt-six ! C'est facile à retenir : vingt-six ! », il y a un écart, on a pensé vingt-quatre au lieu de vingt-six, on a voulu une coïncidence, mais il n'y a pas de coïncidence ici, c'est précisément ça le danger, créer des coïncidences qui n'en sont pas, c'est ça le danger, inventer des liens au lieu de trouver des liens, inventer au lieu d'interpréter, c'est ça le danger, ne pas gonfler les pneus comme il faut, trop les gonfler pour le plaisir de la coïncidence, les faire éclater sur la route, causer un accident, tuer un enfant, tuer un enfant au volant de la Saturn rouge vin, comme Saturne dévorant son fils, c'est ça le danger, passer de chercheur à fraudeur, perdre sa légitimité et son statut, perdre sa valeur, perdre son travail, tomber dans un trou.

Et donc on n'a pas retenu le bon chiffre, vingt-six, l'effet comique de la réplique se loge d'ailleurs là : il n'y a aucune raison de retenir le chiffre vingt-six, la preuve : on ne l'a pas retenu, le chiffre vingt-six n'est pas plus facile à retenir qu'un autre, il faudrait pour ça qu'on use d'une métaphore, qu'on compare vingt-six à quelque chose d'autre, il faudrait qu'il y ait une coïncidence entre ce vingt-six-là et un autre vingt-six, entre ce chiffre-là et le nombre de pneus, par exemple, mais on laisse le chiffre là sans expliquer pourquoi il est particulièrement facile à retenir, la réplique se replie sur elle-même, c'est une belle réplique.

Et donc le personnage principal de *Tiroir n°24* s'appelle Benoit, Benoit sans accent circonflexe sur le « i », il y a quelque chose d'inusité dans son nom à l'égard de l'accent, puisque Benoit prend toujours un accent circonflexe sur le « i », comme Michael prend toujours un tréma sur le « e », il y a une coïncidence entre Benoit et Michael, entre le personnage et l'auteur, on peut dire plein de choses là-dessus : par exemple, qu'il est question d'un accent circonflexe sur le « e » dans les premières pages de *Tiroir n°24* : Benoit arrive à l'orphelinat après avoir séjourné à la crèche, il a raté une semaine de cours à cause de la varicelle, il arrive en plein milieu d'une leçon et ne comprend pas la leçon, la sœur parle de la lettre « e », « je regarde les autres et n'ai aucune idée de ce qui se passe », qu'il dit, le narrateur, Benoit, « tout le monde sait quoi faire sauf moi. On m'a assis dans un décor de forêt à côté d'un géant blond. La maîtresse trace des *e*, comme des petits cercles, en racontant que *é* a perdu sa sœur *è* dans la forêt des voyelles. *Forêt* semble être la clé de ce qu'il faut comprendre », il arrive en plein milieu d'un enseignement portant sur l'accent circonflexe, l'accent circonflexe sur le « e » de « forêt », on lui donne une astuce pour retenir la présence de l'accent circonflexe dans « forêt », c'est l'addition du « é » et du « è », c'est facile à retenir : forêt, mais Benoit ne comprend pas, il voit qu'il y a là quelque chose à comprendre, mais il ne comprend pas.

Et donc le personnage principal de *Tiroir n°24* s'appelle Benoit, d'abord Benoit Murray et ensuite Benoit Cyr, Cyr est le nom de son père adoptif, mais au début du roman, il arrive qu'il réponde « 24, Tiroir n°24 » lorsqu'on lui demande son nom, on vient de lui attribuer un tiroir pour mettre toutes ses affaires dedans, on lui a dit de bien retenir le chiffre de son tiroir, « ton tiroir, c'est le dernier en bas de la troisième colonne. C'est le tiroir numéro 24 », qu'elle dit, la sœur, « tâche de pas l'oublier », qu'elle dit à Benoit, et Benoit a peur de l'oublier, son chiffre, on comprend pourquoi, on s'identifie à Benoit et à sa peur d'oublier, il a tellement peur d'oublier qu'il répond « vingt-quatre » quand on lui demande son nom un peu plus tard, « comment tu t'appelles ? » qu'elle lui demande, la sœur : « vingt-quatre », qu'il répond, Benoit, voilà un personnage qui a un chiffre comme nom, en plus de n'avoir pas d'accent circonflexe sur son « i », en plus de passer de Benoit Murray à Benoit Cyr, voilà un enfant dont le nom est un chiffre l'espace d'un instant, il y a plein de choses à dire là-dessus.

Un jour, un couple adopte Benoit, il devient Benoit Cyr, adopté à l'âge de six ans, non pas à l'âge de cinq jours comme nous ; ainsi adopté à l'âge de six ans, Benoit Cyr n'est pas très bien installé dans son nom ; ce nom, Cyr, n'est pas le signe de son inscription dans une famille qui précède sa naissance, comme c'est souvent le cas avec un nom de famille, son nom est le signe d'une inscription dans une famille qui succède à sa naissance, une famille qui arrive sur le tard et qui finira par l'abandonner, Benoit n'est pas tout à fait inscrit dans son nom, donc, et le nom fait retour sur son corps, le cœur de l'analyse est là : le nom, au lieu d'être un soutien, au lieu d'être le lieu depuis lequel Benoit s'énonce, le nom, au lieu de soutenir Benoit, fait violemment retour sur son corps, comme s'il s'agissait pour Benoit de se faire violence pour entrer dans son nom : Benoit va mettre le feu à son corps pour toutes sortes de raisons – il faut aller lire le livre –, il met le feu à son corps, et son visage ressemblera à de la cire fondue, « c'est drôle, c'est mon nom, Cyr », qu'il dit, Benoit, en constatant l'état de son visage brûlé : à défaut d'être le vrai fils de Cyr, il a un visage de cire, c'est le prix à payer pour entrer dans son nom, un nom qui n'est pas vraiment son nom, on ne peut pas forcer l'inscription dans le passé, mais Benoit essaie, et voilà ce que ça donne, c'est un roman qui nous parle du nom, du poids des noms, voilà le genre de conclusion à laquelle on arrive dans la thèse, à force d'analyser tout ça, de lire, de relire l'œuvre de Michael Delisle, on cherche les coïncidences, on étudie, on analyse, on en tire toutes sortes de conclusions sur la parole, le désir, le corps, on cherche les coïncidences et la thèse se bâtit sur la base de celles-ci.

Pour donner un exemple de coïncidence qui n'a aucune valeur intellectuelle, on s'est demandé si le tiroir rempli de barres de chocolat a pu être rempli de vingt-quatre barres de chocolat, ça aurait été un tiroir numéro vingt-quatre, mais il n'y a aucun moyen de retourner dans le passé pour compter les barres de chocolat dans le tiroir, on cherche, on cherche des coïncidences, on pense aux caisses de bières à Marcel, aux caisses de vingt-quatre, aux bouteilles pleines et aux bouteilles vides, on pense à ça.

Pour donner un autre exemple de coïncidence qui n'a aucune valeur intellectuelle, il y a quelques instants, on a interrompu le mouvement du pousse-mine pour compter le nombre de lettres de notre nom, on s'est demandé s'il y avait vingt-quatre lettres au total dans notre nom : l, o, u, i, s, d, a, n, i, e, l, g, o, d, i, n, o, u, i, m, e, t, ça fait vingt-deux lettres et non vingt-quatre, ça ne correspond ni au numéro du tiroir, ni au nombre de pilules contraceptives dans un paquet, ni à la pression des pneus, ni au numéro de l'œuf gagnant à *La poule aux œufs d'or*, et de toute façon, cette coïncidence-là n'aurait eu aucune valeur intellectuelle, on aurait été content, ça aurait fait un peu d'ordre, ça aurait réduit l'écart, mais non, il y a un écart de deux lettres, tant pis.

33

D'AILLEURS ON REMARQUERA L'ÉCART entre le nom ainsi inscrit *dans* le livre et le nom inscrit *sur* le livre, il y a un écart d'un nom, le nom « Ouimet », « oui mais il y a un écart », qu'on se dira en remarquant la différence entre le nom *dans* le livre et le nom *sur* le livre, habituellement le nom sur le livre est le vrai nom tandis que le nom dans le livre est le faux nom, c'est-à-dire qu'habituellement la vérité est hors du livre et le mensonge dans le livre, ici c'est l'inverse : la vérité est dans le livre et le mensonge hors du livre, il ne faut pas croire ce que dira l'auteur sur son livre, il ne faut pas le croire, car la vérité est dans le livre ; ce n'est pas une vérité référentielle, ce n'est pas une vérité sur la coïncidence entre la littérature et la vie, sur la coïncidence entre l'histoire vécue et l'histoire racontée, il ne faut pas compter là-dessus, il faut compter pour raconter, il faut compter jusqu'à soi pour enfin dire « je », peut-être, quelque part vers la fin, peut-être, on verra rendu là, mais il ne faut pas compter là-dessus, sur la coïncidence entre la littérature et la vie, la vérité n'est pas là, la vérité est ailleurs.

Et donc il y a un écart entre le nom sur le livre et le nom dans le livre, un écart qui concerne le nom du père, le nom du père qu'on a pris l'habitude de retrancher pour la seule raison qu'il se trouve à la fin et qu'on veut faire moins long, c'est le nom qui dépasse, c'est le nom de trop, c'est comme ça, il faut jeter le blâme sur Margot Turcotte et sur toutes les professeures qui au moment de prendre les présences ont fait un petit commentaire sur la longueur de notre nom, Louis-Daniel Godin-Ouimet, « ouin, ça fait long ! », « tu dois te le faire dire souvent ! », à la longue on a voulu faire un peu moins long, c'est la seule raison, on aurait pu retirer « Godin », mais là ça aurait fait un trou, on aurait fait de la peine à notre mère, on aurait pu retirer « Godin », mais là on se serait appelé « Louis-Daniel Ouimet », on aurait pensé à Danielle Ouimet la comédienne, la comédienne qui ressemble à notre mère, d'ailleurs ; on aurait retiré la mère du nom et voilà que la mère serait réapparue dans le nom par le détour de Danielle Ouimet la comédienne, on s'en sort pas, on a préféré couper « Ouimet », on a préféré s'appeler Louis-Daniel Godin, on regrette un peu depuis qu'on a appris l'existence d'un autre Louis-Daniel Godin, voilà une vraie coïncidence : il n'y a presque aucun Louis-Daniel dans le monde, une douzaine tout au plus, mais il y a là-dedans deux Louis-Daniel *Godin*, l'autre habite à Québec, c'est un « conseiller en gestion des savoirs », selon Google, on regrette le rejet de Ouimet, mais on ne peut plus revenir en arrière, on n'a pas changé légalement notre nom, on a seulement pris l'habitude de couper le nom du père une fois de temps en temps pour faire moins long, jusqu'à le couper tout le temps, jusqu'à publier toutes sortes d'articles et de livres sous le nom « Louis-Daniel Godin », jusqu'à devenir « Louis-Daniel Godin » sur Internet, sur Google, on est « Louis-Daniel Godin » partout sauf sur la page web de notre employeur qui refuse d'enlever « Ouimet » si on n'effectue pas un changement légal de nom, c'est comme ça, c'est le système informatique qui refuse, c'est la règle, on a tout essayé pour réduire l'écart entre le nom qu'on utilise partout, Louis-Daniel Godin, et le nom affiché sur la page officielle de notre employeur, Louis-Daniel Godin-Ouimet, on a même contacté notre syndicat, mais on ne veut pas changer légalement de nom, c'est notre faute, on veut deux choses en même temps, on veut s'appeler Louis-Daniel Godin *et* Louis-Daniel Godin-Ouimet, ça crée un peu de confusion, on fait avec, ici aussi on veut deux choses en même temps, on veut dire « lui » et on veut dire « je », on fait avec, on fait avec, on fait avec, on fait avec on.

Le jour où l'on est allé au service d'impression de l'université pour imprimer notre thèse et la déposer, on s'est demandé si on inscrivait « Louis-Daniel Godin » ou « Louis-Daniel Godin-Ouimet » sur la page de titre, on a choisi de retirer « Ouimet » cette fois-là, on éprouvait de la culpabilité envers notre père qu'on aime, mais on l'a retiré quand même, le nom, c'est une question de cohérence, on voulait fermer l'écart entre nous-même et nous-même, entre celui qu'on est et celui qu'on est en train de devenir, alors on a seulement inscrit « Louis-Daniel Godin » sur la page de titre, l'employé du service d'impression nous a remis le gros tas de feuilles en quatre exemplaires et on s'est mis à le feuilleter pour voir si tout était en ordre. On peut se remettre dans la scène : on feuillette la thèse avec notre pouce pour regarder si tout est bien imprimé, aucun paquet de pilules contraceptives n'en tombe, sauf que parmi tous les mots de la thèse, les milliers de mots de la thèse, un mot nous apparaît tout à coup dans le défilement rapide des pages, comme si le mot sortait de sa feuille, comme si le mot voulait sortir de sa feuille pour se coller à notre visage ; en faisant défiler les feuilles avec notre pouce, on ne voit qu'un brouillard de mots informes avec au centre un mot bien défini, bien clair, découpé dans l'ensemble, le mot c'est Renaud, le prénom d'un personnage de Michael Delisle, Renaud, le prénom de notre père, père dont on a retiré le nom de famille sur la page titre et qui revient nous hanter, voilà une autre coïncidence, une coïncidence pas forcée celle-là, si on force les coïncidences on va se lasser, si on coupe un nom, il trouve un moyen de revenir, si on coupe la mère, elle revient, si on coupe le père, il revient aussi, c'est comme les tulipes : on coupe et ça repousse.

Le travail de la thèse consiste à repérer des coïncidences, on l'a dit plus haut, mais il ne faut pas les forcer, les coïncidences, là se situe notre éthique de travail : le savoir est dans le texte, il est déjà là, le savoir insiste, il se loge entre les mots, il s'agit de le dégager en respectant le texte, c'est notre éthique de travail, une éthique de lecture qu'on tire de la psychanalyse : le savoir est là dans la parole, entre les mots, dans ce que les mots mettent en jeu, il ne faut pas forcer, il ne faut pas imposer un diagnostic, les personnages ne sont pas des cas, ils n'ont pas d'inconscient, les auteurs ne sont pas accessibles, il ne faut pas prétendre les comprendre *eux*, tout ce qu'on a c'est du texte, du texte qui met en jeu quelque chose, il faut ponctuer, réorganiser, mettre de l'ordre dans le texte, faire danser les mots, les images ; des moments de grâce se produisent quand on met un peu d'ordre, ce sont « les étincelles du savoir », qu'elle dit, notre directrice, Anne Élaine : Anne Élaine, en voilà une autre qui a changé son nom, Anne Élaine qui s'appelait Élaine, Anne Élaine qui s'appelait Élaine avant d'entrer dans ce département où travaillait une autre Élaine avant elle, Anne Élaine qui a dû s'ajouter un nom, un nom devant Élaine, un nom entre les deux Élaine, elle et l'autre, un nom entre elle et l'aînée, elle et l'aînée, Élaine et l'aînée, entre Élaine et Élaine.

Enfin, des moments de grâce se produisent quand on met un peu d'ordre, des étincelles apparaissent, il s'agit de voir ce qui se produit quand on rapproche des scènes, quand on les frotte ensemble comme deux pierres, il faut produire des étincelles avec le texte, voilà ce qu'il faut faire, « un signifiant représente un sujet... pour un autre signifiant », qu'il dit, Lacan, manière de dire que la subjectivité ne peut pas se loger tout entière dans un signifiant, dans un mot, manière de dire qu'un mot ne peut pas nous représenter auprès d'une autre personne, manière de dire qu'un mot ne peut pas nous représenter pour nous-même : un mot peut nous représenter auprès d'un autre mot seulement, un mot peut nous représenter pour un autre mot, pour un autre mot, pour un autre mot, on est perdu entre les mots, « un signifiant représente un sujet... pour un autre signifiant », cette phrase de Lacan nous fait rêver, il y a des mots qui insistent dans les œuvres, comme le feu, le feu qui est partout dans les livres de Michael Delisle, le feu que Benoit met à son propre corps vers la fin de *Tiroir n°24*, le feu du coup de feu qui n'a pas eu lieu dans *Le feu de mon père*, pour prendre un exemple, le feu du coup de feu qui n'a pas eu lieu quand le père a pointé sa carabine sur la mère et l'enfant, sur la mère qui tenait l'enfant à bout de bras, à bout de mère, à bout de misère, la mère qui tenait l'enfant comme un bouclier devant le feu du père, le fils est perdu quelque part entre la mère et le père, entre le père et le feu, entre un signifiant et un autre ; on a écrit une centaine de pages sur ces coïncidences-là, sur la signification de ces coïncidences-là, sur le fait qu'elles nous apprennent quelque chose non pas sur Michael

Delisle l'auteur, l'auteur de *Tiroir n°24*, mais sur le rôle du langage en chacun, sur l'effet du langage dans la vie et sur le corps, sur tous les effets du langage dont nous parlent les œuvres, le défi c'est de ne pas forcer le trait, on y est arrivé, c'est ce qu'on croit, c'est ce qu'ont cru les évaluateurs et les évaluatrices de notre thèse, c'est ce qu'a cru l'éditeur quand est venu le temps de la publier, la thèse, c'est même ce qu'a cru Michael Delisle, l'auteur, le vrai, il a fini par nous le dire, même s'il trouvait qu'on y allait un peu fort avec Lacan.

On a aussi vu le feu dans le nom de Claude Beausoleil, mais on n'a rien écrit là-dessus dans la thèse, on aurait forcé le trait, on aurait mélangé la littérature et la vie, mais on n'a pas pu s'empêcher de voir le feu dans le nom de Claude Beausoleil, Claude Beausoleil qui a le soleil dans son nom, Claude Beausoleil qui a été le mentor littéraire de Delisle ; le mentor littéraire est décrit dans l'œuvre mais pas Claude Beausoleil comme tel, il y a un écart, Claude Beausoleil est hors de l'œuvre alors que dans l'œuvre il y a un mentor littéraire, il est appelé « le prof », « c'était un gros blond aux cheveux longs », qu'on lit, « le prof n'était pas un requin. Le prof n'était pas un serpent, il était une échelle. Un sherpa tenant une lampe à la sortie de ma caverne », c'est ce qu'on lit dans l'œuvre, le prof était comme un soleil à la sortie de la caverne, un beau soleil à la sortie de la caverne, on aime tellement ça les coïncidences qu'on pourrait presque en inventer, on aime tellement ça les étincelles, on aime tellement ça le feu, les chandelles, les tulipes.

Et si notre employeur refuse qu'on s'appelle « Louis-Daniel Godin » sur son site web, c'est bien parce qu'on en a un, employeur, maintenant, on a réussi, ça a commencé avec *Des chiffres et des lettres* et ça s'est poursuivi jusque-là, jusqu'ici, on est passé de l'autre côté, de l'autre côté du miroir, à trente-trois ans, on s'est rendu là, on est professeur à notre tour, on apparaît dans le répertoire de l'université : Louis-Daniel Godin-Ouimet, professeur au département d'études littéraires, domaines d'expertise : littérature contemporaine, littérature québécoise, théories psychanalytiques, et à gauche il y a une photo, une photo de nous, une photo prise par la photographe de l'université ; un matin, on est allé faire prendre notre photo par la photographe dans son studio, on s'est sorti la tête d'un livre de Madeleine Gagnon pour aller la placer devant l'objectif, notre tête, on s'est placé dans un cadre et on a suivi les instructions de la photographe : « un tout petit peu plus à gauche », « un tout petit peu plus à droite », « relève le menton », « baisse le menton », « regarde ici », « regarde là », « tourne un peu », « encore », « encore un peu », « non arrête », « reviens », « parfait comme ça », « peux-tu regarder un peu plus par là », « regarde ici », « regarde-moi », « souris », « recule », « recule », « avance », « recule », et au bout du compte, la photographe prend trente-trois photos, trente-trois photos qu'elle nous montre sur l'écran de son ordinateur, dans son studio, l'une après l'autre, pour qu'on choisisse : « celle-là ? », « celle-là ? », « celle-là ? », « celle-là ? », « celle-là ? », « celle-là ? », « celle-là ? », « celle-là ? », « celle-là ? », « celle-là ? », « oui », « non », « oui », « non », « oui », « oui », « oui », « non », « non », « non », on en enlève une et une autre et une autre, et on recommence, on est rendu à trente, on est rendu à vingt, on est rendu à quinze, on est rendu à dix, il faut se rendre à une photo, une seule photo de nous, « celle-là ? », « celle-là ? », « celle-là ? », « celle-là ? », « oui », « oui », « oui », « non », « non », « non », on se regarde, c'est-à-dire qu'on regarde les photos de nous, on se regarde jusqu'à s'en étourdir, on se regarde pour trouver la photo qui correspond le mieux à l'idée que l'on a de nous, on veut une belle photo, une très belle photo, la plus belle photo de nous, pas la photo qui nous ressemble le plus, comment savoir à quoi on ressemble, au fond, tout ce qu'on veut c'est une belle photo qu'on aime, une photo qui ressemble à l'idée que l'on a de nous, une photo qui ressemble à l'idée que l'on aime avoir de nous, alors on recommence : « celle-là ? », « celle-là ? », « celle-là ? », « celle-là ? », ça nous étourdit, ce manège, on a l'impression de se perdre dans l'image, on a l'impression qu'on va tomber dans notre image à force de regarder comme ça les trente-trois photos de nous les unes après les autres, à force de nous regarder, à force de fixer les images, les photos nous hypnotisent, se ressemblent tellement, elles sont pareilles à un petit détail près, un tout petit détail dans lequel tout se joue, « celle-là ? », « celle-là ? », « celle-là ? », « celle-là ? ».

« Quand Narcisse contemple son image », qu'elle écrit, Madeleine Gagnon, dans le texte qu'on lisait avant d'en sortir la tête pour aller au studio de la photographe, « quand Narcisse contemple son image », qu'elle écrit, Madeleine Gagnon, lumineuse, dans ce texte qu'on lisait avant d'aller contempler notre image, « quand Narcisse contemple son image, il est virtuellement appelé à l'acte créateur. La contemplation de soi est la condition essentielle à toute création d'œuvre. Mais quand Narcisse veut saisir cette image, s'en emparer comme le réel de lui, comme s'il n'y avait entre elle et lui aucune distance, aucun leurre, aucune fiction, aucune écriture, il entre en symbiose, y colle et s'y rive, il en meurt. Si Narcisse avait accédé à l'écriture de sa vision, il ne se serait pas engouffré en elle ».

Si Narcisse avait accédé à l'écriture de sa vision, il ne se serait pas engouffré en elle.

33

Mes parents sont séparés depuis maintenant vingt ans, ils ne se sont plus jamais parlé depuis la séparation, mais le matin de mes trente-trois ans, un fil relie mes deux parents, une coïncidence, le matin de mes trente-trois ans, ma mère m'appelle pour me souhaiter bonne fête et elle s'exclame : « trente-trois ans ; l'âge du Christ, le christ d'âge ! », je n'avais jamais entendu cette expression-là, j'avais déjà entendu l'expression « l'âge du Christ », mais jamais « le christ d'âge », et plus tard dans la journée, mon père m'appelle et me dit la même chose : « trente-trois ans : l'âge du Christ, le christ d'âge ! », cette expression appartient à l'imaginaire commun de mes deux parents, l'expression est restée suspendue durant au moins vingt ans dans la tête de ma mère et dans la tête de mon père, elle a sans doute été réactivée cinq ans plus tôt quand ma sœur a eu trente-trois ans, l'âge du Christ, le christ d'âge elle aussi ; peut-être aurons-nous la chance, ma sœur et moi, de prononcer cette phrase à notre tour, un jour, à nos enfants, il faudra commencer par en avoir, il faudra commencer par ne pas mourir trop jeune, au moins on a dépassé l'âge du Christ, le christ d'âge, c'est déjà ça.

L'âge du Christ, le christ d'âge, c'est aussi l'âge de mes parents au moment de l'adoption, c'est l'âge de Renaud et Linda au moment de l'arrivée du petit Louis-Daniel dans la famille Godin-Ouimet ; trente-trois ans, c'est l'âge des parents lors de l'arrivée de l'enfant, lui, moi ; l'âge du Christ, le christ d'âge, c'est aussi l'âge où l'on remplit un formulaire d'adoption à notre tour, c'est l'âge où je remplis un formulaire d'adoption à mon tour, cher Louis-Daniel, c'est à ton tour (de remplir, le formulaire ; de te laisser, parler, d'amour...) Trente-trois ans : l'âge du Christ, le christ d'âge, c'est aussi l'âge où l'on se met à pousser un pousse-mine, c'est maintenant, c'est l'âge de la main tenant le pousse-mine, c'est l'âge où la main tient le pousse-mine et qu'elle maintient le pousse-mine et qu'elle pousse, pousse, pousse le pousse-mine, pour compter, raconter, c'est l'âge des chiffres et des lettres : le compte est bon.

37

Cette histoire-là pourrait être très courte ou très longue, c'est une de celles qui portent le plus de honte, c'est une histoire qu'on laisse dans le garde-robe, ce n'est pas une histoire qu'on s'amuse à raconter dans la joie, c'est une histoire qu'on tait dans la honte, mais elle arrive, elle arrive là, on est arrivé à trente-sept, on ne peut plus se défiler, on y est, on peut encore se défiler, mais on a décidé de ne pas le faire, on ne sait pas encore comment elle va tourner, cette histoire, on ne sait pas encore ce que la main va en faire, on ne sait pas encore par quel bout l'attraper, cette histoire, par quel bout de bois l'attraper pour la détricoter et la retricoter, on va commencer avec des chiffres et des lettres : dix-sept et Manuel.

À dix-sept ans, l'enfant devenu un ado rencontre Manuel, d'abord sur Internet, et ensuite en personne ; voilà que l'ado de dix-sept ans rencontre Manuel, d'abord sur un obscur site de rencontre et ensuite en personne, devant le Club Vidéotron situé sur le boulevard Curé-Labelle à Blainville, c'est là que Manuel passe chercher l'ado pour l'amener en voiture à Montréal, l'ado passe sa journée à Montréal avec Manuel, il découvre le Village gai, il découvre la sexualité avec Manuel ; Manuel dit qu'il a vingt-sept ans, mais il ment, Manuel a trente-sept ans, vingt ans de plus que lui, vingt ans de plus que l'ado, un beau chiffre tout rond, c'est facile à retenir : vingt ans, un bel écart de vingt ans, comme un billet de vingt dollars, mais pour l'instant, c'est-à-dire au moment où il passe la journée à Montréal avec Manuel, l'ado ne sait pas que Manuel a trente-sept ans, il va l'apprendre un autre jour en consultant son permis de conduire, un jour comme un autre durant lequel ils seront tous les deux assis sur le divan de leur salon commun, ils auront emménagé ensemble, Manuel et l'ado, l'ado aura dit à ses parents que Manuel est le cousin de son amie Macha, il aura dit à ses parents que Manuel c'est son coloc, c'est pas difficile à croire puisque l'ado a sa propre chambre dans l'appartement à Manuel, sa chambre avec son lit simple, sa commode et son bureau, et donc un jour en se chamaillant avec Manuel sur le divan, l'ado essaie de voir le portrait de Manuel sur le permis de conduire de Manuel, il veut seulement voir la photo de Manuel, mais Manuel fait quelque chose de bizarre, il tient bizarrement son pouce à un endroit stratégique de la carte d'identité, il ne veut pas lâcher la carte, il la tient fermement dans ses mains, alors Manuel et l'ado se chamaillent, Manuel met son pouce sur sa date de naissance, son gros pouce de gars de trente-sept ans qui fait semblant d'avoir vingt-sept ans, et le pouce finit par glisser, un écart apparaît entre Manuel et Manuel, dix nouvelles années d'écart apparaissent d'un coup, d'un coup de pouce, Manuel va justifier son mensonge par des raisons oubliées aujourd'hui.

Mais comment l'ado a-t-il pu croire que Manuel avait vingt-sept ans, lui avez-vous vu l'air ?

Et donc assis sur le divan avec Manuel, l'ado réalise que Manuel n'a pas vingt-sept ans mais trente-sept ans, il va continuer à dire à ses amis que Manuel a vingt-sept ans ; en fait, c'est plus compliqué que ça, il a élaboré tout un système : à ses amies qui n'ont jamais vu Manuel et qui ne verront jamais Manuel, il dit que Manuel a vingt-sept ans, ça passe, on arrive à faire passer ça, on arrive à croire à cet âge-là en regardant les photos de Manuel collées dans l'agenda de l'ado, des photos avec des filtres bleus, des photos avec un haut contraste, des photos avec un visage surexposé où les détails de la peau de Manuel sont effacés ; l'ado commence une technique en graphisme au Cégep du Vieux Montréal, ça tombe bien pour les retouches photo, il développe des aptitudes pour faire passer Manuel de trente-sept ans pour Manuel de vingt-sept ans, il développe des aptitudes, et ça le calme de réduire l'écart entre le vrai Manuel et le Manuel inventé, ça le calme, et donc à ces amies-là il dit que Manuel a vingt-sept ans, « regardez, c'est lui sur la photo ! » qu'il dit à la plupart de ses amies, mais à ses deux amies les plus proches,

Mathilde et Marianne, il révèle le mensonge, mais sans dévoiler la vérité, il dit à Mathilde et Marianne que Manuel a trente-deux ans, il ne se rend pas jusqu'à dire que Manuel a trente-sept ans, parce que franchement, cet écart-là ça lui fait un peu honte, il cache tout de même cinq ans à Mathilde et Marianne, il ne va pas jusque-là, jusqu'à trente-sept, personne ne savait l'âge de Manuel avant aujourd'hui, personne ne le sait, personne ne l'a su, à part peut-être l'homme qui écoute les histoires, l'homme à qui on ne ment pas, c'est bien le seul.

Mais au fond, l'âge de Manuel ne dérange pas tant que ça l'ado, l'âge de Manuel n'a aucun effet sur son désir pour Manuel, aucun effet dissuasif en tout cas, son désir pour Manuel ne fait que croître et croître et croître, parce que la seule relation sexuelle que l'ado aura eue avec Manuel durant leurs trois années de vie commune est celle qui a eu lieu le jour où Manuel est venu le chercher devant le Club Vidéotron situé sur le boulevard Curé-Labelle à Blainville pour l'amener à Montréal, dans son auto, c'est dans son auto que ça s'est produit : « tu peux toucher », qu'il dit à l'ado, Manuel, pendant qu'il conduit, les mains sur le volant, « tu peux toucher », qu'il dit à l'ado, Manuel, en se regardant lui-même, en regardant son entrejambe, en regardant son entrejambe et en regardant l'ado regarder son entrejambe, « tu peux toucher », qu'il dit, Manuel, c'est ça son kick, et c'est ce qu'il fait, l'ado, il touche, entre autres, mais après ça plus rien, plus rien durant trois ans, ils font chambre à part, Manuel et lui, Manuel dit qu'il a des problèmes avec l'intimité, qu'il essaie de régler ça, que c'est pas facile, ils font chambre à part et ne se touchent plus, plus jamais, ils écoutent la télé ensemble quand Manuel revient du travail, ils écoutent *La vie, la vie*, ça dure trois ans, ils s'embrassent de temps en temps, c'est tout ; c'est toujours une petite victoire pour l'ado, quand il réussit à arracher un baiser à Manuel, et son désir ne fait que croître et croître et croître alors que celui de Manuel diminue et diminue et diminue à mesure que l'ado vieillit, à mesure qu'il n'a plus dix-sept ans, mais dix-huit, dix-neuf, vingt ans, le désir de Manuel diminue et diminue et diminue à mesure que l'ado devient un adulte.

L'ado va tromper Manuel deux ou trois fois durant ces trois années de vie commune, et Manuel va s'en rendre compte au moins une fois, il va être fâché noir, il va fouiller dans les poches de l'ado et trouver le numéro de téléphone d'un client du Second Cup sur un bout de papier, il va faire un gros X sur le bout de papier et le coller sur la porte de la chambre de l'ado pour lui montrer qu'il a découvert le numéro de téléphone : Manuel ne veut pas coucher avec l'ado, mais il ne veut pas que l'ado couche avec quelqu'un d'autre ; un jour, l'ado fouille dans les courriels de Manuel et il réalise que Manuel aime mieux sucer des inconnus dans le bois que de coucher avec l'ado qui est là dans la chambre d'à côté avec son désir qui ne cesse de croître et de croître et de croître, c'est ça son kick, à Manuel, Manuel a des problèmes très complexes, des problèmes avec l'intimité ; un autre jour, l'ado fouille dans l'ordinateur de Manuel et réalise que Manuel se fait passer pour une fille sur MSN pour voir d'autres ados se montrer tout nus, c'est ça qu'il réalise en fouillant sur le MSN de Manuel, c'est pas une histoire qu'on s'amuse à raconter dans la joie, c'est pas une histoire qu'on s'amuse à raconter dans la joie.

Un jour, longtemps après la rupture avec Manuel, on tape le nom complet de Manuel sur Google et on réalise que Manuel est en prison depuis quelques mois, en prison pour « leurre informatique » et « incitation à avoir des contacts sexuels avec des mineurs », Manuel est entretemps devenu enseignant dans une école secondaire, Manuel a fait des menaces à des ados, du chantage pour obtenir des faveurs sexuelles, il s'est fait passer pour une jeune fille sur Internet, c'est ça qu'on lit sur Google, ça donne le vertige : détournement de mineurs, c'est ça qu'il faut dire, et c'est difficile de se défaire de la pensée de notre corps disponible là dans la chambre à côté de celle de Manuel, ce corps qui voulait que Manuel lui mette la main dessus, ce corps qui n'attendait rien d'autre que le désir de Manuel, ce corps qui ne voulait rien d'autre que ça, des faveurs sexuelles, ce corps qui ne demandait qu'à être détourné, qui voulait être une victime de Manuel et qui d'une certaine manière a été une victime de Manuel, mais pas la victime qu'il voulait être.

62

Lorsque sa mère et lui quittent enfin la maison mobile de Marcel pour aller vivre dans un demi-sous-sol à Blainville, l'enfant change d'école en plein milieu d'année, il passe de Poly-Jeunesse à l'école Lucille-Teasdale, une école de Blainville où il termine son secondaire deux. Mais avant de commencer, il rencontre l'orienteur de l'école Lucille-Teasdale avec sa mère, ils étudient son dossier ensemble, ils regardent ensemble les notes de Louis-Daniel, les cours auxquels Louis-Daniel est inscrit à Poly-Jeunesse, ils passent tout ça en revue, Louis-Daniel est un élève tout à fait moyen, peut-être un peu au-dessus de la moyenne, mais pas beaucoup, et pas dans tous les cours, dans certains cours il est au-dessous de la moyenne, en éducation physique par exemple, mais aussi en mathématiques, en mathématiques il a obtenu soixante-deux pour cent au dernier trimestre, ce qui n'est pas catastrophique, ça passe, mais c'est pas fort fort, et dans l'ensemble des matières Louis-Daniel fait mieux que ça, il s'en sort plutôt bien en général, sa mère a pas à s'inquiéter, mais depuis un bout de temps Louis-Daniel a de la misère en mathématiques.

Une fois de temps en temps, il est fier d'une note alors il en parle à sa mère, quand il obtient quatre-vingt-dix pour cent en français ou en arts plastiques, par exemple, il s'en vante à sa mère, il aime ça les mots, il aime ça les images, il aime ça les concours de dessins, alors en général sa mère ne se tient pas trop au courant de ses notes, elle a pas à s'inquiéter, alors ce jour-là, devant l'orienteur, dans sa nouvelle école, quand on remarque que Louis-Daniel a un peu de misère en mathématiques, sa mère fait le saut, elle fait un petit commentaire : « bin oui comment ça donc ? », c'est ce qu'elle dit en fixant Louis-Daniel dans les yeux avec un air interrogateur, « va falloir regarder ça ! » qu'elle dit en fixant Louis-Daniel dans les yeux, même si elle ne s'adresse pas tout à fait à Louis-Daniel, même si elle s'adresse surtout à l'orienteur, c'est la leçon qu'on peut en tirer : on peut parler à une personne X et s'adresser à une personne Y, on peut parler à Louis-Daniel et s'adresser à l'orienteur, on peut regarder Louis-Daniel dans les yeux parce qu'on se voit vue en train de regarder Louis-Daniel, il y a un écart, il y a toujours un écart, un écart entre elle et nous, entre elle et moi, un écart entre elle et elle, un écart entre moi et moi, va falloir regarder ça.

100

On a trente-trois ans depuis quelques jours : l'âge du Christ, le christ d'âge, et notre mère vient souper chez nous pour l'occasion, elle vient souper avec Marcel, ça doit faire bientôt vingt ans qu'elle est revenue avec Marcel, vingt ans au moment du souper, il va mourir bientôt, Marcel, mais il est pas encore mort au moment du souper, il va mourir le jour où l'on commencera à pousser le pousse-mine, la même année, bientôt mais pas tout de suite, il va mourir durant l'écriture et dans l'écriture et par l'écriture, il va mourir d'un coup de pousse-mine, il va mourir d'un trait.

Une fois entrée dans l'appartement qu'elle visite pour la première fois, la mère se dirige tout droit vers la porte-patio au fond de l'appartement, porte-patio depuis laquelle on peut apercevoir un pommetier sur le point de fleurir : « regarde Momo ! un tilleul ! », c'est ce qu'elle dit à Marcel, en pointant le pommetier, « regarde Momo le beau tilleul ! » qu'elle ajoute, en pointant toujours le pommetier ; on ne sait pas encore ce qu'elle pense de l'appartement dans lequel elle entre pour la première fois, mais on sait qu'elle aime le pommetier visible depuis la porte-patio du salon, le pommetier qui fleurit aux environs du vingt-six mai ; on ne sait pas encore ce qu'elle pense de notre appartement, mais on sait qu'elle a un cadeau à nous donner, car au moment où tout le monde regarde le pommetier en disant des choses comme « je pense que c'est un pommetier » ou encore « non ça c'est un tilleul, j'en suis sûr », notre mère nous prend par le bras et nous entraîne dans une autre pièce au hasard, une pièce pas encore visitée, le bureau, la mère entraîne son fils dans le bureau et lui donne une enveloppe, une enveloppe avec un billet de cent dollars à l'intérieur, et en donnant l'enveloppe avec le billet de cent dollars à l'intérieur, la mère chuchote quelque chose qui donne à penser que Marcel n'est pas au courant pour le cadeau et ne serait pas d'accord avec le montant du cadeau, « il fait bien ce qu'il veut avec son argent, lui », qu'elle dit, la mère, comme pour se justifier auprès de son chum mais en s'adressant plutôt à son fils, comme pour se justifier auprès de Marcel qui est en train d'observer le pommetier dans l'autre pièce, « merci beaucoup », qu'on dit en acceptant le cadeau clandestin, le cadeau qu'il a fallu recevoir hors du regard de Marcel, l'étonnant cadeau d'un billet de cent dollars, « merci beaucoup ».

On n'a jamais reçu un aussi gros montant d'argent de la part de notre mère, c'est ce qu'on se dit le lendemain, c'est ce qu'on se dit en regardant le pommetier de l'homme qui écoute les histoires, son pommetier à lui, visible depuis la fenêtre de son cabinet, son pommetier qui ressemble au nôtre, on regarde le pommetier et on pense au billet de cent dollars reçu la veille, on dit à l'homme qui écoute les histoires qu'on n'a jamais reçu une aussi grosse somme d'argent de la part de notre mère, on pense alors aux vingt dollars de matante Marielle disparus dans la sacoche, on pense à ces vingt dollars-là, on pense au billet de cent dollars reçu la veille, on se demande si on sort gagnant au change, comme on dit, on se demande si ce billet de cent dollars là rachète le billet de vingt dollars disparu il y a vingt-six ans, le billet de vingt dollars disparu dans la sacoche, on se demande si on peut calculer les choses comme ça, on se demande si le billet de vingt dollars est vraiment disparu, on se demande si on est quitte avec la mère, si la mère est quitte avec nous, si on est quitte avec la vie.

On a vérifié sur le site internet de la Banque du Canada et ce qui valait vingt dollars à cette époque vaut trente dollars au moment du souper, au moment du don, en théorie le billet de cent dollars rembourse au moins trois fois le billet de vingt dollars disparu dans la sacoche, en théorie on est plus que quitte avec la mère, en théorie on est même en dette envers elle, en théorie elle a largement remboursé sa dette, « la théorie c'est bon », a dit Charcot à Freud, un jour, « la théorie c'est bon », qu'il a dit, on est bien d'accord avec ça, « la théorie c'est bon, mais ça n'empêche pas d'exister », qu'il a dit, en fin de compte.

On a souvent l'impression qu'on ne pourra jamais être quitte avec la mère parce que la dette de la mère à notre endroit est trop grande, on a souvent l'impression inverse que c'est nous qui avons une dette trop grande envers elle, la dette de la vie, la dette d'être qui on est grâce à elle, malgré tout, c'est-à-dire un homme heureux tout compte fait, un homme heureux au bout du compte, un homme heureux en tout et pour tout, on ne pourra jamais rembourser ça, et la mère ne pourra jamais rembourser le billet de vingt dollars de matante Marielle qui valait au fond beaucoup plus que vingt dollars, si tant est qu'il soit vraiment disparu, si tant est qu'on puisse se fier au souvenir, c'est ce qu'on dit à l'homme qui écoute les histoires, c'est ce qu'on dit en regardant le pommetier sur le point de fleurir, et le pommetier sur le point de fleurir nous rappelle tout à coup le chandelier en forme de tulipe et le chandelier en forme de tulipe nous rappelle cette histoire du billet de vingt dollars donné par la mère pour mieux revenir sous forme de brûleur à huiles essentielles ; toutes ces histoires surgissent, se racontent, se tricotent et se détricotent, et la dette grandit à mesure qu'on raconte, on fait de savants calculs, on se demande si en tout et pour tout on est quitte avec la mère, si la mère est quitte avec nous, on se demande tout ça et nous vient l'idée d'écrire un livre pour être quitte avec la vie, c'est ce qu'on finira par faire, c'est ce qu'on fait.

Mais plus l'écriture se déploie, plus on pousse le pousse-mine, et plus les deux dettes grandissent, on ne s'en sort pas, à force de déterrer les histoires, de les sortir de l'oubli, la dette de la mère à notre endroit grandit, et à force de les écrire, de les écrire avec ce rythme qui rappelle sa parole à elle, ce rythme ininterrompu qui rappelle en effet sa voix à elle, la voix de ses histoires dans lesquelles on s'est souvent laissé porter, à force d'écrire avec sa voix à elle, la culpabilité de les écrire, ces histoires, grandit elle aussi, notre dette envers la mère grandit, d'autant plus qu'on fait mourir Marcel, Marcel qui meurt dans le livre et hors du livre, on ne s'en sort pas, la dette augmente, ça s'accumule, ça monte au lieu de descendre.

On se demande donc si le billet de cent dollars offert par la mère pour nos trente-trois ans vaut plus ou moins que le billet de vingt dollars offert par matante Marielle pour nos sept ans, le billet disparu dans la sacoche, et on n'arrive à aucune réponse parce qu'en même temps on pense à notre dette envers la mère, une dette qui se superpose à l'autre : c'est comme si deux dettes se superposaient sans pouvoir s'annuler l'une l'autre, c'est comme si la mère nous devait mille dollars et qu'on devait nous aussi mille dollars à notre mère, c'est comme si notre mère nous donnait un million de dollars et qu'on donnait un million de dollars à notre mère, c'est comme si on se devait le même montant sans pouvoir mettre le compteur à zéro, mais se doit-on vraiment le même montant ? Des fois on se dit que notre mère nous doit plus qu'on lui doit, des fois on se dit qu'on lui doit plus qu'elle nous doit, ça balance d'un pôle à l'autre, et en parlant à l'homme qui écoute les histoires de ce mouvement de balancier, on pense à une chaise berçante, c'est l'image d'une chaise berçante qui s'impose à notre esprit, « une chaise berçante ? » qu'il dit, l'homme qui écoute les histoires, « oui, une chaise berçante », qu'on répond ; on ne peut pas être quitte, on ne peut pas se défaire du sentiment de dette quand on a été adopté à l'âge de cinq jours, qu'on a été sauvé du néant, sauvé d'une autre vie misérable, on ne peut pas se défaire du sentiment de dette quand on a l'impression d'être soi-même l'objet d'une transaction entre la famille Godin-Ouimet et les services sociaux, on est comme un chou sur le comptoir-caisse du IGA, on est comme le chou dans lequel naissent les enfants.

Et à la faveur du racontage, du tricotage et du détricotage, un vague souvenir surgit, un vague souvenir tellement vague qu'on ne sait pas comment le raconter, ce n'est même pas tout à fait un souvenir, c'est une scène, voire une idée, une idée vague qui représente notre mère biologique telle qu'on était amené à l'imaginer lorsqu'on avait cinq ans, il s'agit d'une vague idée sur notre mère biologique, tellement vague qu'on hésite à la raconter. On ne sait pas s'il faut raconter l'idée ou d'abord la mettre en contexte, allons-y : il faut imaginer qu'à l'âge de cinq ans on ne comprend pas encore tout à fait ce qu'est une mère biologique, même si on nous a dit qu'on en avait une, qu'on avait une mère biologique quelque part, il faut imaginer qu'à l'âge de cinq ans notre mère c'est notre mère, notre père c'est notre père et notre sœur c'est notre sœur, il faut imaginer qu'à l'âge de cinq ans, pour nous, tous les enfants sont adoptés, il faut imaginer qu'à l'âge de cinq ans, pour nous, tous les enfants naissent dans les choux, alors l'idée d'avoir une mère biologique est encore quelque chose de bien vague, quelque chose de bien vague qu'on ne cherche pas vraiment à élucider, voilà pour le contexte ; pour ce qui est du souvenir, de la vague idée comme telle, la voici : on a cinq ans, on est au centre d'achats avec notre mère et notre mère discute avec une autre femme, et cette autre femme, c'est aussi notre mère, mais notre mère biologique celle-là, c'est ce qu'on se dit un jour où on voit notre mère parler avec une autre femme au centre d'achats ; durant des jours ou des semaines ou des mois, on se dit qu'on a vu notre mère discuter avec notre mère au centre d'achats, et l'étrangeté de ce souvenir-là est aujourd'hui liée à l'impression que cette femme-là rencontrée au centre d'achats ne nous aurait pas adressé la parole, l'étrangeté du souvenir est aujourd'hui liée à l'impression que notre mère ne nous aurait pas présenté notre mère, c'est un souvenir, c'est une vague idée, c'est une invention.

Ce qu'il faut se demander, ce n'est pas pourquoi notre mère ne nous a pas présenté notre mère, puisque ce n'était pas vraiment elle, notre mère n'a jamais rencontré notre mère, ce qu'il faut se demander, c'est pourquoi la rencontre de notre mère avec une autre madame à l'épicerie est devenue dans notre imaginaire la rencontre de notre mère avec notre mère, une rencontre à laquelle on prend part en tant que muet, c'est ça qu'il faut se demander ; ce qu'il faut se demander, c'est aussi : pourquoi la scène prend-elle place à l'épicerie ? Ou encore : pourquoi tout à l'heure la main écrivait-elle « centre d'achats » alors qu'elle écrit maintenant « épicerie » pour raconter la même scène, la même vague idée, la même invention, pourquoi y a-t-il deux lieux en un lieu ? « Épicerie ou centre d'achats ? », c'est ce qu'il demande, l'homme qui écoute les histoires, en mettant le doigt sur quelque chose, car c'est bien ce qu'on voit dans notre tête lorsqu'on pense à ce souvenir-là, lorsqu'on pense à cette vague idée : une épicerie et un centre d'achats en une seule image, et à la faveur de la remarque de l'homme qui écoute les histoires, on pense au IGA situé sur le boulevard Dagenais à Fabreville, un IGA collé sur un petit centre d'achats, un petit centre d'achats dans lequel se trouvent un Dollarama, un Uniprix, un nettoyeur, un carrousel, des machines à gommes, à collants, à glu ; c'est un petit centre d'achats collé sur une épicerie.

En réfléchissant à ce lieu, c'est-à-dire l'entrée du IGA situé sur le boulevard Dagenais à Fabreville, l'entrée qui donne dans le petit centre d'achats, en réfléchissant à ce lieu-là, un autre souvenir surgit, un souvenir bien postérieur à la non-rencontre avec notre mère biologique, un souvenir qui nous parachute en cinquième année du primaire ; en cinquième année du primaire, tous les élèves de la classe se trouvent dans le petit centre d'achats situé sur le boulevard Dagenais à Fabreville, juste devant l'entrée du IGA, voilà un souvenir qui met en scène l'épicerie et le centre d'achats en même temps, c'est le seul autre souvenir que l'on a de ces deux lieux réunis, tous les élèves de sa classe se trouvent là assis sur des chaises berçantes : on appelle ça un « berçothon », les élèves de cinquième année de l'école l'Orée-des-Bois se bercent une journée entière, assis sur des chaises berçantes dans le centre d'achats devant l'entrée du IGA, les élèves se bercent sur des chaises berçantes pour recueillir des fonds pour un voyage à Québec qui aura lieu à la fin de l'année ; les clientes et les clients du IGA donnent de l'argent aux élèves pour que les élèves se bercent, de l'argent pour que les élèves puissent aller à Québec ; l'enfant ne comprend pas le fonctionnement de toute cette affaire, mais il se berce quand même, assis sur sa chaise berçante, il ne comprend pas pourquoi on lui donne de l'argent pour se bercer, il ne comprend pas pourquoi on ramasse de l'argent alors que sa mère a déjà payé pour le voyage, il ne comprend pas où ira l'argent du bercement, il ne comprend pas pourquoi l'argent ne sera pas redistribué parmi les élèves, il ne comprend pas cette histoire de frais à payer pour le voyage scolaire, il a seulement l'impression de se bercer pour rien dans l'entrée du IGA, il sait qu'il y a de l'argent impliqué, il sait que l'argent est destiné au voyage à Québec, il sait aussi que le voyage aura lieu avec ou sans berçothon puisque sa mère a déjà payé les frais, il se berce pourtant, il se berce dans une chaise berçante devant l'entrée du IGA avec d'autres enfants, il se berce dans le petit centre d'achats, il se berce là où sa mère aurait rencontré sa mère des années plus tôt, il se berce sur les lieux du vague souvenir, de la vague idée, de l'invention.

De ce voyage à Québec il ne reste aucune image puisque l'enfant n'a jamais appuyé sur le flash de l'appareil photo jetable acheté pour l'occasion : toutes les photos sont noires et perdues comme les cinq premiers jours de son histoire.

Il faut se demander pourquoi la rencontre imaginée entre la mère et la mère a eu lieu dans l'entrée du IGA où l'on s'est bercé sans voir la couleur de l'argent pour lequel on s'est bercé, où l'on s'est bercé pour financer un voyage dont il ne reste aucune image, il faut se demander pourquoi lorsqu'il écrit ces lignes c'est l'image de la revue restée au fond du panier d'épicerie qui revient et qui revient et qui revient en mémoire en suivant le mouvement du berçage, le va-et-vient du berçage, la revue volée, la revue pas payée, la revue endettée d'elle-même, il faut se demander si l'adoption est une transaction, il faut se demander combien on vaut, il faut se demander si on a été donné, volé ou acheté, c'est ça qu'il faut se demander.

125

« **Depuis toujours** » : c'est l'expression qu'on utilise pour situer le moment où l'on a appris notre adoption. On le sait depuis toujours, autrement dit on ne se souvient pas d'un moment précis qui marquerait le passage de l'ignorance au savoir, on a toujours su, c'est-à-dire que l'on sait que l'on a été adopté depuis qu'il est possible de savoir quelque chose, on le sait depuis toujours. On se souvient d'un moment où les parents se sont assis avec l'enfant au salon pour lui expliquer la conception des bébés, mais on ne se souvient pas d'un moment où les parents auraient expliqué l'adoption à l'enfant : ça, on le sait depuis toujours, il n'y a pas dans notre mémoire une scène qui encadre cette annonce, une histoire, un récit, il n'y a pas une scène comme celle du salon à propos de la conception des bébés. Et si on sait depuis toujours pour l'adoption, c'est parce que les parents ont utilisé une astuce, une astuce qui consiste à parler de l'adoption dès le début, dès le jour cinq, avant même l'acquisition du langage ; nos parents ont utilisé une astuce qui consiste à parler de l'adoption dès le début, avec l'aide d'une poupée, une poupée

Bout d'chou, une poupée adoptée elle aussi, comme l'enfant, comme nous, on va y revenir, mais avant de parler de la poupée Bout d'chou, il faut faire un détour, il faut faire un détour au salon, le lieu d'apprentissage de la conception des bébés, il faut faire un détour par ce lieu où les parents se sont assis avec l'enfant pour lui expliquer la conception des bébés, l'ancrage dans le corps, les mamans et les papas, les pénis et les vagins, les accouchements et tout ça.

« Les oreilles ! », c'est ce qu'il répond, l'enfant, à la question de sa mère, « les oreilles ! » qu'il répond, et il rit, il rit parce qu'il sait que ce n'est pas la bonne réponse à la question de sa mère, une question qui sert à ouvrir une discussion sur la conception des bébés. La mère pose à l'enfant une question à laquelle l'enfant répond « les oreilles ! », et on aimerait bien reproduire ici la question de la mère, mais c'est la réponse de l'enfant qui s'impose à notre esprit, la question de la mère, elle, est perdue, on ne sait plus exactement ce qu'elle a demandé à l'enfant, on cherche et on ne trouve pas, on n'a que des hypothèses, deux hypothèses, on est devant deux possibilités, elle a peut-être demandé à l'enfant s'il connaissait l'endroit du corps d'où sortent les bébés, c'est peut-être ça qu'elle a demandé à l'enfant, ou bien elle lui a demandé s'il connaissait l'endroit du corps où l'on doit mettre le pénis, pour en faire, des bébés, c'est peut-être ça qu'elle a demandé à l'enfant, comment savoir, on ne se souvient pas de la question, on se souvient de la réponse : « les oreilles ! », l'enfant répond « les oreilles ! » pour faire rire sa mère et son père, mais il répond aussi « les oreilles ! » parce qu'il ne veut pas nommer la bonne partie du corps, c'est ce qu'on se dit aujourd'hui, il ne veut pas la nommer ou il ne sait pas tout à fait son nom. Il n'y a pas longtemps, pour lui, les enfants naissaient dans les choux, et là tout à coup les enfants sortent du corps, il y a de quoi être confus, alors il répond « les oreilles ! », parce qu'il ne veut pas nommer la bonne partie du corps, celle qui est réellement impliquée dans la conception des bébés, il ne veut pas ou il ne sait pas, l'un ou l'autre ou les deux en même temps, il préfère répondre « les oreilles ! », et aujourd'hui cette réponse nous fait rêver, on l'aime cette réponse, on a envie d'en faire le tour, de la déplier longuement : « les oreilles ! », quelle réponse, quand même, il faut imaginer un enfant naître par les oreilles, il faut le voir sortir par l'oreille droite ou par l'oreille gauche, il faut le voir sortir par les deux oreilles en même temps ou par l'une et puis l'autre, voilà l'enfant qui naît, il sort par une oreille, suivi de lui-même, et de lui-même, et de lui-même, par l'autre oreille ; et des oreilles, il en a, lui, l'enfant, on peut s'imaginer que répondre « les oreilles ! » lui permet de se projeter dans toute cette affaire, cette affaire qui consiste à faire des enfants, parce que la bonne réponse à la question de la mère, la bonne partie du corps à nommer, elle ne concerne pas son corps à lui, alors qu'une oreille, il en a une, lui, il en a même deux.

Et donc avant de raconter l'astuce de la poupée Bout d'chou, il faut faire un détour au salon, c'est le salon qui s'impose, le mot « salon », le salon comme mot, une scène s'impose, elle a lieu lors de la première année du primaire, quand l'enfant commence à apprendre les chiffres et les lettres, qui est la même époque où on lui explique la conception des enfants ; à cette époque-là, donc, il apprend aussi le mot « salon », il est assis dans sa classe de première année et doit dessiner un salon, chaque enfant possède un petit cahier, un lexique avec des mots dans des cases vides, et dans chaque case vide il faut faire un dessin qui correspond au mot écrit au-dessus de la case, c'est une astuce pour apprendre à écrire, pour associer les mots et les choses ; dans la case avec le mot « main » il faut dessiner une main, dans la case avec le mot « crayon » il faut dessiner un crayon, dans la case avec le mot « tulipe » il faut dessiner une tulipe, jusque-là ça va, jusque-là l'enfant arrive à faire correspondre les images et les mots, jusque-là ça tient, il s'en sort bien, il arrive à faire coïncider les images et les mots, mais quand il arrive au mot « salon », ça ne va plus du tout, il ne sait pas quoi dessiner, le mot « salon » n'est pas un mot qu'il connaît, ce n'est pas un mot qu'il utilise, ce n'est pas un mot qu'on utilise à la maison, alors l'enfant panique, ça pique, il a chaud, il regarde autour de lui, pour tricher, pour trouver une image, pour boucher le trou de la case vide, il regarde ce que les autres enfants dessinent dans la case « salon », il s'agite, on pourrait même dire qu'il souffre, disons-le : il souffre, il souffre de ne pas pouvoir remplir la case devant lui, il regarde la case vide, la case qu'il n'arrive pas à remplir, et il regarde les cases pleines, autour de lui, les cases équivalentes des autres enfants, et ça le met dans un tel état d'inconfort que la scène s'imprime en lui.

L'enfant regarde autour de lui et voit des télévisions, c'est ce que les autres enfants dessinent dans la case du mot « salon », chaque enfant dessine une télévision au-dessous du mot « salon », mais une télévision c'est une télévision, qu'il se dit, ce n'est pas un salon, il finit par comprendre que la télévision se trouve dans un endroit qu'on appelle « le salon », mais chez lui, chez l'enfant, dans sa maison de la rue Médard-Bourgault à Sainte-Rose, la télévision est au sous-sol, et le sous-sol, chez lui, on appelle ça « le sous-sol », on n'appelle pas ça « le salon », l'enfant ne savait même pas que les pièces avaient des noms, qu'il y avait un nom pour chaque pièce, et il y a bien chez lui une pièce à côté de la salle à manger où se trouvent un divan, une lampe et une table à café, mais cette pièce, on ne l'appelle jamais « le salon », et on ne s'y assoit jamais puisque la télévision est au sous-sol, c'est une pièce où l'on ne s'assoit jamais, ou presque jamais, il y a bien une fois ou deux où l'on s'est assis dans cette pièce, puisque c'est dans cette pièce-là que l'enfant répond « les oreilles ! » à la question de sa mère concernant la conception des enfants, c'est aussi dans cette pièce-là qu'il apprend, plus tard, la signification du mot « divorce », ce n'est pas une pièce où on lui aurait appris la signification du mot « adoption », puisque ce mot-là, on le connaît depuis toujours.

Et pour parler d'adoption à l'enfant avant même qu'il utilise lui-même les mots, avant même qu'il y ait pour lui un mot pour chaque chose, on a utilisé une astuce, on a utilisé une poupée Bout d'chou ; la poupée Bout d'chou de l'enfant a des cheveux noirs comme lui, une petite salopette verte comme lui, un chandail blanc comme lui, elle lui ressemble, c'est ce qu'on voit sur une photo, une photo de Louis-Daniel avec sa poupée Bout d'chou sur les genoux – genoux, je-nous, qu'on se dit, un chou sur les genoux, qu'on se dit, en écrivant, bijoux, choux, genoux, qu'on se dit, en poussant le pousse-mine, ces mots qui prennent un « x » au lieu d'un « s », mais il faut avancer –, on s'est arrangé pour trouver une poupée qui lui ressemble, ou bien on s'est arrangé pour qu'il ressemble à sa poupée, l'un ou l'autre ou les deux en même temps, on a cherché à créer un sentiment d'identification entre Louis-Daniel et sa poupée Bout d'chou, car la poupée Bout d'chou, ce n'est pas une poupée ordinaire, c'est une poupée particulièrement utile pour expliquer l'adoption, puisque la poupée Bout d'chou, elle vient avec un certificat de naissance délivré à l'enfant qui la possède, c'est une des caractéristiques de la poupée Bout d'chou. On se rappelle bien ce papier, le certificat de naissance de la poupée Bout d'chou, le certificat de naissance de Loulou, c'est son nom, à la poupée, c'est aussi son nom à lui, à l'enfant, son surnom, Loulou, c'est le nom qui a été donné à la poupée, par Louis-Daniel ou par sa mère, on ne se souvient plus qui l'a nommée, la poupée, c'est peut-être Louis-Daniel, c'est peut-être sa mère, c'est peut-être les deux en même temps, on se souvient à tout le moins du certificat de naissance de Loulou, on se souvient que ce papier était rangé avec les autres papiers importants, dans un tiroir, il était rangé avec le baptistaire de Louis-Daniel, notre baptistaire, il était rangé avec le carnet de santé et avec le carnet de bébé bleu, c'est un papier important, et avec ce papier on cherchait à faire comme si Loulou était l'enfant de Louis-Daniel, son enfant adoptif, son fils, « Loulou, c'est ton fils », qu'on devait lui dire, avant même l'apprentissage des chiffres et des lettres, « Loulou, c'est ton fils et ça, ce sont les papiers d'adoption », qu'on devait lui dire, à l'enfant.

Et une autre particularité de la poupée Loulou, c'est qu'elle a une signature sur la fesse gauche, une signature pour signifier qu'il s'agit d'une vraie poupée Bout d'chou, une vraie de vraie, pas une imitation, Loulou a une signature sur la fesse gauche et la signature est accompagnée du chiffre quatre-vingt-sept, c'est l'année de fabrication de Loulou, c'est aussi l'année de naissance de Louis-Daniel, notre année de naissance, Loulou est né la même année que Louis-Daniel, il est peut-être né avant lui, comment savoir, Loulou est peut-être né avant son père, la belle affaire, ça aussi ça nous fait rêver, un fils qui naît avant son père, ça nous fait rêver, le temps qui sort de ses gonds, qui s'inverse comme un gant retourné, le temps qui s'invagine, car il y a un mot pour ça : invaginé, quel mot, quand même, et sur la fesse gauche de Loulou, on trouve des chiffres et des lettres, une signature et une année ; sur Google, on apprend que chaque année, la couleur de la signature changeait, une année la signature était bleue, une autre elle était verte, une autre elle était rouge, et ainsi de suite, on lit aussi que la signature, c'est celle de Xavier Roberts, l'inventeur de la poupée Bout d'chou. Pour l'enfant, cette signature n'était qu'un gribouillage, mais aujourd'hui on apprend que ce gribouillage correspond au nom de l'inventeur de la poupée Bout d'chou, Xavier Roberts ; on a beau fournir à l'enfant un certificat de naissance avec sa poupée pour le convaincre qu'il en est le père, on ne manque pas de lui faire savoir que le vrai père, le père du jour zéro, le père de Loulou, il s'appelle Xavier Roberts, Louis-Daniel n'est que le père du jour cinq, pas le père du jour zéro, c'est le père adoptif de Loulou, le nom de Xavier Roberts est écrit à jamais sur sa poupée, et pas n'importe où, il est écrit sur une fesse, pas sous le pied ou derrière l'oreille, mais sur la fesse gauche, c'est lui, Xavier Roberts, le père de Loulou, le vrai père de Loulou, Loulou lui appartient, il en a enfanté, des poupées, Xavier Roberts, des milliers de poupées, si ce n'est pas des millions, c'est le petit Jésus des poupées Bout d'chou.

Mais tout à coup, à la faveur du mouvement de la main, à partir de cette histoire d'appartenance et d'identification, on se rappelle une autre scène, une scène qui implique la sœur et l'enfant, une scène qui implique la sœur qui demande à l'enfant, à son frère : « es-tu aux gars ou aux filles ? », elle demande ça à Louis-Daniel, elle lui demande ça alors qu'il n'est pas encore rendu à l'âge de l'attirance pour les gars ou les filles, il est à l'âge de l'apprentissage des chiffres et des lettres, qui est aussi l'âge de l'apprentissage de la conception des bébés, elle lui demande « es-tu aux gars ou aux filles ? » et l'enfant ne comprend pas, il ne sait pas quelle est la bonne réponse, il ne sait pas quelle est la bonne réponse à donner, c'est comme pour le dessin du salon, il y a une case vide dans sa tête, on ne lui a jamais posé cette question, il n'en comprend pas le sens, il ne sait pas ce que ça veut dire, « être à », il ne sait pas que ça signifie « être attiré par », il commence à peine à mettre un mot sur chaque chose et voilà qu'il y a des mots derrière les mots, il ne suffit plus de savoir ce que les mots veulent dire, il faut aussi savoir ce qu'on veut leur faire dire, aux mots, ce qu'on veut leur faire dire qu'ils ne disent pas déjà, on n'en a pas fini avec le langage, il ne suffit pas de savoir qu'« être à » veut dire

« appartenir à », il faut aussi savoir que ça peut vouloir dire « être attiré par », on n'en a pas fini avec le langage, il faut savoir ça alors qu'on ne sait même pas ce qu'est une attirance, quel drame, l'apprentissage du langage, quand on y pense, quelle épreuve que celle-là, enfin, c'est bien comme ça qu'il entend la question, l'enfant, la question de sa sœur, « es-tu aux gars ou aux filles ? », c'est bien en pensant à l'appartenance qu'il répond intuitivement « aux gars ! », il répond qu'il est aux gars parce qu'il appartient au groupe des gars, il est un gars, il est aux gars, c'est la réponse logique, celle qui lui vient, spontanément, comme ça, et sa sœur éclate de rire, elle rit, elle dit « t'es aux gars ! », et elle rit, et elle rit, elle se moque, un gars aux gars, c'est drôle, « t'es aux gars, t'es aux gars ! » qu'elle répète, qu'elle répète, elle se moque, elle rit, elle rit, « es-tu aux gars ou aux filles ? », et l'enfant comprend qu'un gars ne peut pas être aux gars, un gars ne peut pas appartenir aux gars, un gars ne peut pas s'appartenir, il doit être aux filles, ça doit avoir rapport avec la conception des bébés, qu'il se dit, vaguement, ça doit avoir rapport avec les pénis et les vagins, qu'il se dit, l'enfant, durant la fraction de seconde qui sépare le rire de sa sœur et sa deuxième réponse à la question, car il se reprend, il demande un droit de réplique, il répond quelque chose d'autre, mais il ne veut pas répondre « aux filles », non, ça lui tente pas, c'est comme ça, il ne veut pas répondre « aux filles », il veut répondre quelque chose comme « les oreilles ! », il donne une autre réponse, une réponse qui a aussi à voir avec l'appartenance, « es-tu aux gars ou aux filles ? » qu'elle lui a demandé, sa sœur, il se reprend, il dit : « Je suis à Jésus ! »

Aujourd'hui, on fait des recherches sur les poupées Bout d'chou, des recherches sur Xavier Roberts, le petit Jésus des poupées Bout d'chou, on apprend toutes sortes de choses, on apprend notamment l'existence d'un faux hôpital, à Cleveland, dédié à la naissance des poupées Bout d'chou, le BabyLand General Hospital, c'est une clinique transformée en boutique, qu'on lit sur le site de Radio-Canada, c'est un hôpital où l'on vendait les poupées Bout d'chou avant leur commercialisation de masse, « dans les différentes pièces de cette ancienne clinique transformée en boutique, des poupées sont disposées dans une pouponnière, un coin lecture, une classe d'éveil ou encore une salle de chirurgie », c'est ce qu'on lit sur le site de Radio-Canada, « de faux médecins et infirmières s'affairent autour de ces dernières afin de s'assurer qu'elles sont bien dorlotées et stimulées », qu'on lit, à propos des poupées, et c'est ce qu'on voit dans le reportage qui date de 1982, des comédiens déguisés en médecins et des comédiennes déguisées en infirmières, mimant les soins apportés aux poupées Bout d'chou, et on voit que la visite se termine dans un bureau, un bureau d'adoption, et dans ce lieu, un faux médecin vous fait promettre de prendre soin de votre poupée, il vous demande de promettre de l'aimer, de vous en occuper, « j'espère et j'en suis sûr », qu'il faut dire, « j'espère et j'en suis sûr, que je l'aimerai toute ma vie », qu'il faut dire, vous devez signer un papier avant de quitter l'hôpital avec une poupée Bout d'chou, la vôtre, votre poupée, votre enfant, vous pouvez partir avec elle à condition de débourser cent-vingt-cinq dollars, c'est son prix, à cette époque-là, cent-vingt-cinq dollars, c'est pas donné, c'est vraiment pas donné.

Mais quelle est la fonction des choux dans toute cette affaire, on l'ignore, quel est le rapport entre la naissance dans un chou et la naissance dans un théâtre d'hôpital, on l'ignore aussi, comment peut-on être à la fois l'enfant de Louis-Daniel et celui de Xavier Roberts, c'est un mystère, et c'est sans compter l'usine en Chine où on la fabrique, la poupée, c'est sans compter la terre où l'on fait pousser les choux, c'est sans compter les IGA où on les vend, les choux ; comment peut-on naître de tous ces endroits en même temps, comment savoir, on ne sait pas, et c'est pourtant grâce à la poupée Bout d'chou que l'on sait pour l'adoption, que l'on sait depuis toujours, c'est grâce à la poupée que l'adoption est un savoir toujours déjà su.

Mais l'histoire ne s'arrête pas là, car la naissance de la poupée Bout d'chou de l'enfant ne correspond pas à la naissance des poupées Bout d'chou comme telle : avant même l'achat d'une poupée à cent-vingt-cinq dollars, avant même le certificat de naissance, avant même la conception en usine, avant même le faux hôpital à

Cleveland, il y a une histoire de vol, c'est ce qu'on lit sur Google, une histoire de vol de concept, c'est ce qu'on lit, on lit qu'une femme, Martha Nelson Thomas, serait à l'origine de la conception des poupées qui ont inspiré les Bout d'chou, on lit qu'elle vendait ses poupées dans une foire artisanale quelque part au Kentucky, elle aurait vendu une poupée à Xavier Roberts, elle aurait refusé d'en faire la production de masse, on lit que Xavier Roberts aurait conçu sa propre poupée, une poupée semblable à celles de Martha Nelson Thomas, mais avec une signature sur la fesse gauche, c'est une poupée semblable mais pas identique, c'est une cousine éloignée, une cousine de la fesse gauche, il aurait conçu la poupée Bout d'chou qu'on connaît aujourd'hui en s'inspirant des poupées de cette femme, Martha Nelson Thomas, on lit que cette femme a poursuivi Xavier Roberts pour un million de dollars, on lit que l'affaire s'est réglée à l'amiable, et donc on lit qu'à l'origine de toute cette affaire de poupée et d'adoption, il y a un vol, il y a un vol avant la naissance, un vol de poupée, un vol d'enfant, il y a une transaction, une poursuite et un juge, il y a usurpation de paternité, il y a tout ça, et on cherche encore les choux, on cherche encore les choux.

130

SA SŒUR AVEC SON PÈRE et sa mère avec lui : c'est ainsi que la famille se divise naturellement le jour où sa mère laisse son père pour Marcel. La mère et le père s'entendent pour une pension alimentaire de cent-trente dollars versée à la mère par le père, une pension alimentaire sous la forme d'un chèque inséré dans une enveloppe qui transite chaque mois entre les mains de l'enfant qui visite son père à Verdun une fin de semaine sur deux.

Une visite sur deux, donc, le père donne un chèque au fils et le fils donne un chèque à la mère, un chèque de cent-trente dollars pour aider la mère à payer les choses à payer, c'est pas grand-chose, mais c'est ainsi qu'on s'y prend à partir de la cinquième année du primaire de l'enfant jusqu'à son secondaire cinq, ce sont environ huit-mille dollars qui ont transité ainsi entre les mains de l'enfant, avec les années, et on aurait sans doute oublié ce rituel si ce n'était de la fois où la mère a demandé au fils de demander au père de lui donner un chèque d'avance, une fois sur les soixante fois l'enfant a dû demander une avance pour sa mère, il a dû demander à son père une avance pour sa mère, une fois sur les soixante fois, ce qui correspond à cent-trente dollars sur huit-mille dollars ayant transité entre ses mains : il faut imaginer le fils entrer dans la Saturn rouge vin de son père qui vient le chercher à Blainville pour l'amener à Verdun, il faut imaginer le fils demander à son père de lui donner en avance le chèque de cent-trente dollars du mois prochain pour aider sa mère à payer les choses à payer, il faut imaginer le fils nerveux à l'idée que son père refuse, il faut imaginer que le fils aimerait bien penser à autre chose qu'à ces cent-trente dollars-là, et il faut se demander pourquoi ces deux-là ne règlent pas leurs affaires autrement, sans lui, il faut se demander pourquoi il faut passer par le fils pour se rendre à la mère, il faut se demander pourquoi ces deux-là ne sont pas en mesure d'imaginer un autre moyen d'échange qui éviterait au fils d'être ainsi au cœur d'une transaction sur lui, pour lui, par lui.

La fin de la pension alimentaire versée du père à la mère se déroule en deux temps. Cette fin est précipitée par le déménagement de l'ado chez son père à Verdun au moment de commencer le cégep à Montréal, il part de Blainville et emménage chez son père à Verdun : à ce moment-là, durant quatre mois, le père continue de verser une pension alimentaire à la mère qui a encore besoin de cet argent-là pour arriver, même si l'ado n'habite plus avec elle ; mais cette période-là ne dure que quatre mois, quatre mois durant lesquels l'ado habite chez son père à Verdun parce qu'il étudie maintenant le graphisme au Cégep du Vieux Montréal ; cette période-là ne dure que quatre mois parce qu'au retour des fêtes, l'ado emménage à Laval chez Manuel, cet homme qui ment sur son âge, cet homme rencontré sur Internet durant les fêtes passées chez sa mère à Blainville, cet homme qui est venu le chercher devant le Club Vidéotron et qui lui a dit « tu peux toucher », et maintenant que l'ado habite chez Manuel à Laval et qu'il a lui-même un loyer et des frais de scolarité à payer, le père donne directement à son fils le chèque de cent-trente dollars, un montant qui fait une bonne différence dans la vie de l'ado et que son père lui donne tant qu'il en est capable, c'est-à-dire jusqu'au jour où sa dépression va le mettre en arrêt de travail, jusqu'au jour où son père aura pu une cenne à son tour, mais on n'est pas rendu là : pour l'instant, le père donne un chèque de cent-trente dollars par mois à son fils qui habite chez Manuel à Laval près d'une station de métro en construction, le père donne un chèque de cent-trente dollars par mois à son fils qui travaille à temps partiel au Second Cup sur l'avenue du Mont-Royal.

À la banque, il arrive qu'on empêche l'ado de retirer ou de dépenser l'argent qu'il a préalablement déposé dans son compte sous forme de chèque, on appelle ça un « gel de fonds », c'est-à-dire qu'il doit attendre une semaine entre le moment où il dépose un chèque et le moment où il peut dépenser l'argent du chèque, c'est un délai durant lequel la banque peut s'assurer qu'il ne s'agit pas d'un faux chèque déposé dans son compte, c'est un délai durant lequel la banque peut s'assurer que l'ado n'a pas déposé une enveloppe vide au guichet en faisant semblant de déposer une enveloppe pleine, c'est un délai qui lui cause bien du souci parce que son compte en banque est toujours à peu près vide et qu'on le paye par chèque au Second Cup, c'est un délai qui lui donne bien du souci : les chèques déposés ne peuvent pas être dépensés avant une semaine à cause du gel de fonds, le maudit gel de fonds inventé pour les pauvres, inventé pour que les pauvres restent pauvres.

En certaines circonstances, il utilise sa carte de crédit pour payer toutes sortes de choses, mais elle est rapidement pleine, sa carte de crédit, et on ne peut pas payer un loyer avec une carte de crédit, parfois il retire tout de même l'argent du loyer sur sa carte de crédit, au guichet, mais les intérêts pour cette manœuvre sont tellement élevés que ça lui donne mal au ventre seulement d'y penser ; d'autres fois, ça lui arrive de signer un chèque à l'endos et de le donner à quelqu'un qui peut alors l'encaisser, retirer l'argent du chèque et le lui donner, on appelle ça endosser un chèque, c'est une manœuvre qu'il a imaginée pour arriver à payer à temps son loyer ou ses frais de scolarité, c'est un moyen imaginé pour utiliser son argent, de l'argent qui lui appartient mais qu'on refuse de lui donner pour un temps, une semaine, de l'argent qu'on refuse de lui donner parce qu'on ne lui fait pas confiance, il est trop jeune et trop pauvre, il a ni un bon transit ni une bonne cote de crédit, c'est de l'argent qu'on refuse de lui donner comme on a refusé de lui donner le billet de vingt dollars de matante Marielle, et c'est difficile de trouver des gens pour encaisser son chèque et lui donner l'argent du chèque, parce qu'au cégep toutes ses amies ont des mauvais transits comme lui, les banques ne font pas confiance aux jeunes comme lui, et Manuel c'est pas mieux, il a pas une cenne lui non plus, il est endetté, Manuel, il a pas un bon transit lui non plus ; un transit, c'est bien le nom qu'on donne au montant dont on autorise le retrait, à la longue on finit par obtenir un bon transit, mais au cégep on a un mauvais transit, on peut bien avoir mal au ventre.

Et ce maudit délai durant lequel son argent est là mais inaccessible lui empêche de payer ses frais de scolarité à temps, il se retrouve une fois aux services financiers du cégep pour essayer de payer ses frais de scolarité avec le chèque de cent-trente dollars de son père signé à l'endos, et les services financiers refusent : ils ne peuvent pas encaisser un chèque ainsi destiné au fils, il faudrait que le chèque soit adressé aux services financiers, et le fils aimerait bien leur adresser lui-même un chèque mais à cause du maudit gel de fonds, il est pris à attendre une semaine, c'est ça qu'il fait, il dépose le chèque de son père dans son compte, il attend une semaine, il retire l'argent pour payer ses frais de scolarité avec une semaine de retard, il paye ses frais de scolarité en retard, il paye des intérêts à cause de ça, il paye des intérêts, il paye des intérêts à cause du maudit gel de fonds.

Et à la faveur du mouvement de la main on se rappelle la première tentative de l'ado de bénéficier des prêts et bourses du gouvernement, une première tentative ratée parce que l'ado a inscrit dans le formulaire le salaire de ses deux parents au lieu d'inscrire le salaire d'un seul parent, celui de son père, le parent chez qui il a habité en dernier ; dans le formulaire de demande de prêts et bourses du gouvernement, il faut inscrire le salaire des parents pour que le gouvernement calcule le montant de la « contribution parentale », la « contribution parentale », c'est le montant que les parents devraient donner à l'enfant, le gouvernement calcule le montant des prêts et bourses en fonction de ça, en fonction de la capacité de payer des parents, et si les parents sont séparés, il faut inscrire le salaire d'un seul parent, le salaire du parent chez qui on habite si on habite chez lui ou le salaire du parent chez qui on a habité en dernier si on habite en appartement comme c'est le cas pour l'ado à ce moment-là – après un certain nombre de mois en appartement on est considéré comme autonome, le gouvernement ne calcule plus le salaire des parents, mais au début, le gouvernement calcule le salaire des parents, même si les parents ne donnent pas une cenne à leur enfant, c'est comme ça que le gouvernement calcule le montant des prêts et bourses, et le gouvernement ne les force pas à payer, c'est une indication, c'est un calcul, c'est à l'enfant de s'arranger avec ça. Il savait qu'il fallait inscrire le salaire d'un seul parent, mais il n'a pas pu s'empêcher d'inscrire le salaire de ses deux parents, le salaire de sa mère et le salaire de son père, c'est difficile d'expliquer pourquoi il a fait ça au lieu de faire la bonne affaire, on peut essayer d'expliquer, on peut essayer de comprendre : c'est peut-être parce qu'il n'a pas bien compris le formulaire, c'est peut-être parce qu'il voulait connaître le salaire de ses deux parents, c'est peut-être pour réduire la distance entre sa mère et son père, c'est peut-être parce qu'il n'arrivait pas à choisir entre l'un et l'autre, c'est peut-être parce qu'il aurait eu l'impression de tricher en inscrivant le salaire de son père puisqu'il a vécu chez son père seulement quatre mois avant d'emménager chez Manuel, c'est peut-être parce qu'il aurait eu l'impression de tricher en inscrivant le salaire de sa mère seulement, puisqu'il a vécu chez son père quatre mois avant de remplir le formulaire ; il a pensé qu'inscrire le salaire de ses deux parents était la chose à faire, il a pensé que le gouvernement allait démêler tout ça, résultat : on lui donne pas une cenne, il ne faut pas s'étonner, c'est comme s'il avait essayé d'acheter quatre Seven Up malgré la limite de deux Seven Up par client, la règle c'est la règle, c'est deux Seven Up par client pas plus, la règle c'est la règle, il faut inscrire le salaire d'un seul parent si les parents sont divorcés, c'est comme ça, résultat : on lui donne pas une cenne, ni en prêts ni en bourses, on considère que ses parents font assez d'argent pour payer ses études, le gouvernement considère qu'il ne lui doit pas une cenne, que ses parents devraient pouvoir lui fournir huit-mille dollars par année pour subvenir à ses besoins, un montant que ses parents ne sont évidemment pas en mesure de lui donner ; l'ado ose à peine leur faire part de cette analyse du gouvernement, déjà qu'il se sent mal d'interrompre le passage du chèque de cent-trente dollars de son père vers sa mère, s'il fallait en plus leur demander huit-mille dollars par année ; c'est à se demander dans quel monde vivent celles et ceux qui font ces calculs-là, c'est à se demander pourquoi on a inscrit le salaire des deux parents dans le formulaire au lieu d'inscrire le salaire d'un seul parent dans le formulaire, c'est à se demander si on ne cherche pas un peu l'endettement, c'est à se demander si on ne trouve pas notre compte là-dedans, dans la position d'endetté, peut-être.

141

À L'ÂGE OÙ IL HABITE au cent-quarante-et-un de la rue Médard-Bourgault à Sainte-Rose, il y a toutes sortes de chiffres et de noms qu'il connaît par cœur, son numéro de téléphone, celui de matante Marielle, les numéros de téléphone de ses amies, les noms de ses amies, les noms des parents de ses amies, toutes sortes de chiffres et de noms comme ça.

À l'âge où il habite au cent-quarante-et-un de la rue Médard-Bourgault à Sainte-Rose, il y a toutes sortes de chiffres et de noms qu'il connaît par cœur, à commencer par l'adresse de sa maison sur la rue Médard-Bourgault, et le nom de sa rue, Médard-Bourgault ; le hasard veut que ce prénom, le prénom du sculpteur qui a donné le nom à sa rue, Médard, le hasard veut que ce nom soit également le nom du chien qui figure sur la page couverture du cahier d'équations mathématiques que possèdent tous les enfants de sa classe, le cahier d'équations mathématiques qu'on sort du pupitre quand vient le temps de faire des équations mathématiques : Médor est le nom du chien sur la page de couverture, et le hasard veut qu'un jour, dans la classe de Margot Turcotte, l'enfant voie dans le livre d'équations mathématiques le chiffre cent-quarante-et-un, il voit son adresse parmi tous les chiffres qui se trouvent dans le livre, c'est un chiffre qui lui est familier et qui ressort du lot parce qu'il le connaît bien, il connaît bien ce chiffre-là, il sort du lot, il le voit très bien alors que tous les chiffres autour n'ont aucune signification pour l'enfant, l'enfant voit très bien le chiffre cent-quarante-et-un, le seul chiffre sur la page qui veut dire quelque chose pour lui, le chiffre s'illumine comme une lumière dans le brouillard de tous les chiffres sur la page, alors lui vient l'idée de lever la main pour communiquer sa découverte, lui vient l'idée de lever la main pour faire savoir à Margot Turcotte qu'il y a une coïncidence entre le chiffre sur la page et son adresse à lui, cent-quarante-et-un, « cent-quarante-et-un, c'est mon adresse ! » qu'il dit à tout le monde, et la coïncidence lui apparaît d'autant plus frappante que le chien sur la page couverture du livre d'équations mathématiques, Médor, porte le même nom que le sculpteur qui a donné le nom à sa rue, la rue Médard-Bourgault : l'enfant lève sa main, donc, pour dire tout ça à Margot Turcotte et aux autres élèves qui ne sont pas excités comme lui par cette coïncidence, à commencer par Margot Turcotte elle-même qui est loin d'être excitée, elle, et qui dit à Louis-Daniel de pas commencer ça, « tu vas pas me commencer ça », qu'elle dit, « tu vas pas me commencer ça, parce que si tout le monde commence à lever sa main quand son adresse apparaît dans le cahier d'exercices, on finira jamais », il faut avancer, c'est ce qu'elle dit, il faut avancer quand même.

Dans la classe de Margot Turcotte, il arrive qu'on fasse tirer quelque chose parmi les élèves, il arrive qu'un élève de la classe se présente le matin avec quelque chose à faire tirer au courant de la journée pour le plaisir de faire tirer quelque chose, dans ce temps-là on prend un petit chapeau dans lequel se trouvent les noms de tous les élèves, et on pige un nom dans le chapeau. Le jour où l'enfant lève sa main pour dire à tout le monde qu'il a vu son adresse dans le livre d'équations mathématiques, ce jour-là l'enfant apporte en classe un beau collant de Garfield à faire tirer, un vraiment très beau collant de Garfield, un collant tellement beau qu'on se demande pourquoi l'enfant l'apporte en classe pour le faire tirer au lieu de le garder pour lui, vraiment : s'il le trouve si beau que ça, son collant, pourquoi veut-il le faire tirer ? C'est ce qu'on se demande aujourd'hui, mais c'est tout de même ce qu'il fait, l'enfant, il fait tirer son vraiment très beau collant de Garfield, peut-être veut-il être un instant au centre de l'attention, c'est ce qu'on se dit aujourd'hui, alors c'est dans un état d'incertitude qu'il effectue le tirage de son vraiment très beau collant de Garfield, l'enfant, dans la hâte d'être au centre de l'attention et dans la peur de perdre son beau collant ; on prend une pause d'équations mathématiques et Margot Turcotte lui tend le chapeau, il plonge sa main dans le chapeau et il pige un nom, son nom : « Louis-Daniel », c'est ce qui est écrit sur le bout de papier pigé dans le chapeau, c'est son nom à lui, il avait une chance sur vingt-quatre de piger son nom et c'est ce qui arrive, il est content, il est vraiment très content de gagner son collant de Garfield, son collant à lui, son vraiment très beau collant de Garfield, il est soulagé de ne plus avoir à le donner à quelqu'un d'autre, c'est ce que lui révèle le tirage de son propre nom, alors il ne pense pas plus loin que ça, il dit « yes ! » et il retourne s'asseoir avec son vraiment très beau collant de Garfield remporté grâce au tirage, c'est le meilleur des deux mondes : effectuer le tirage d'un collant, tirage qui le place au milieu de l'attention, et ne pas se départir de son vraiment très beau collant qu'il aime tant, c'est le meilleur des deux mondes : piger son nom, être à la fois celui qui donne et celui qui reçoit, c'est vraiment le meilleur des deux mondes, un moment sans écart entre soi et soi, un moment sans écart entre son désir et son désir, un moment de joie, c'est vraiment le meilleur des deux mondes, jusqu'à ce que Margot Turcotte l'interrompe dans sa marche pour lui dire « bin là, tu veux-tu le faire tirer ton collant ou tu veux pas le faire tirer ? », c'est le meilleur des deux mondes jusqu'à ce que Margot Turcotte lui rappelle le gros bon sens et qu'on procède à un second tirage duquel Magalie Papineau sort grande gagnante, bravo Magalie Papineau pour ton beau collant.

494

Il a élaboré toutes sortes de méthodes pour arriver à s'endormir quand il n'arrive pas à s'endormir, des méthodes qui impliquent des chiffres et des lettres ; depuis qu'il est enfant, il élabore toutes sortes de méthodes pour contrer l'insomnie, et avec les années il est parvenu à une méthode qu'il croit optimale, mais il a fallu d'abord passer par toutes sortes de méthodes inefficaces : compter les moutons, par exemple, il a jamais réussi à s'endormir avec ça, il arrive même pas à imaginer les moutons, il arrive seulement à compter et ça ne finit jamais : un, deux, trois, quatre, cinq, jusqu'à mille et on recommence ; il a essayé de compter à l'envers : cinq, quatre, trois, deux, un, il a essayé de compter les chiffres impairs seulement : un, trois, cinq, sept, neuf, de compter les chiffres pairs seulement : deux, quatre, six, huit, dix, mais toutes ces méthodes de calcul ne l'aident jamais vraiment à s'endormir, il a fini par comprendre que pour s'endormir il fallait arrêter de penser et que l'on n'arrête jamais de penser quand on cherche à se rappeler le nombre où l'on est rendu dans un décompte, on n'arrête jamais de penser quand on essaie d'arrêter de penser.

À la faveur du mouvement de la main on se rappelle une journée de la quatrième année du primaire durant laquelle Margot Turcotte a parlé en classe de l'insomnie, une journée où Margot Turcotte a présenté des astuces pour s'endormir quand on n'arrive pas à s'endormir, on s'en souvient parce que les astuces paraissaient à l'enfant toutes plus farfelues les unes que les autres : se faire couler un bon bain, prendre une marche ou lire un livre, ce sont les trois astuces de Margot Turcotte, trois astuces que l'enfant ne pouvait pas s'imaginer utiliser durant ses insomnies à lui ; s'il avait fallu qu'il se lève la nuit pour se faire couler un bon bain, son père aurait été fâché noir, « veux-tu bin me dire qu'est-ce que tu fais là à te faire couler un bain à deux heures du matin, tu réveilles tout le monde ! », c'est ce qu'il aurait dit, son père, « ferme ta lumière ! », c'est ce qu'il aurait dit, son père, s'il avait fait de la lecture en pleine nuit ; sortir de la maison pour aller marcher en pleine nuit sur la rue Médard-Bourgault, on n'en parle même pas.

« Ferme tes trois petits yeux pis dors », c'est ce que sa mère lui dit chaque soir, au moment de venir le border, quand il dit ne pas être fatigué, « bonne nuit, mon petit lapin bleu », qu'elle dit d'abord, sa mère, tous les soirs, ce à quoi l'enfant répond « bonne nuit, mon petit lapin rose », et la mère ajoute : « maintenant, ferme tes trois petits yeux pis dors », c'est une expression sympathique dont il n'a jamais cherché à saisir le sens, c'est une expression sympathique qu'il a toujours secrètement détestée, sans savoir pourquoi, c'est une expression sympathique qui doit vouloir dire qu'il est un petit monstre à trois yeux, c'est ce qu'on se dit maintenant, mais chaque fois qu'il entend cette expression, l'enfant, il s'imagine que le troisième œil c'est son pénis, allez savoir pourquoi, allez savoir comment on pourrait le fermer, son pénis, allez savoir pourquoi il pense que sa mère lui demande de fermer son pénis, allez savoir ce que ça veut dire, allez savoir pourquoi il comprend ça quand elle dit « ferme tes trois petits yeux pis dors ».

Il y a donc un jour où Margot Turcotte aborde en classe le sujet de l'insomnie, et avant de présenter ses astuces à elle, Margot Turcotte demande aux élèves quelles sont leurs astuces à eux, leurs astuces pour s'endormir, l'enfant lève la main pour dire quelque chose qui n'est pas vraiment une astuce, il lève sa main pour dire une chose à laquelle il vient juste de penser, c'est une petite idée que Margot Turcotte trouve insignifiante, il dit : « je m'imagine que ma tête est une télévision et que j'appuie sur le piton power pour l'éteindre », c'est ce qu'il dit à Margot Turcotte qui cherche plutôt des astuces concrètes, des actions à entreprendre, alors que lui, l'enfant, il parle d'une idée, d'une idée qu'il vient juste d'inventer et qu'il présente comme un rituel quotidien, une idée qu'il n'a jamais mise en pratique parce que de toute manière on ne peut pas éteindre une tête comme on éteint une télévision, c'est précisément pour ça qu'on a besoin d'astuces, des astuces comme prendre une marche, lire un livre ou se faire couler un bon bain.

Et donc il est arrivé après un certain temps à développer une stratégie pour s'endormir qui fonctionne assez bien, une stratégie qui ne consiste pas à se faire couler un bon bain, à lire un livre ou à prendre une marche, une stratégie qui ne consiste pas à compter les moutons, une stratégie qui ne consiste pas non plus à dire des mots au hasard comme il l'a fait longtemps ; c'est ce qu'il a fait longtemps : penser à des prénoms sans trop réfléchir, Monique, Stella, Ginette, Paul, Émile, Émilie, Karine, Éric, non, la technique à laquelle il est arrivé avec le temps et qui fonctionne assez bien consiste plutôt à dire des lettres au hasard sans chercher à faire des mots, comme ça il arrive à occuper son esprit sans penser à toutes les choses qui lui tournent dans la tête, comme ça il arrête de penser, c'est comme un mantra, il arrête de penser et en même temps il occupe sa pensée, c'est difficile à expliquer mais ça marche assez bien, il pense à des voyelles et des consonnes, il les enfile comme ça, dans le désordre : « g », « h », « t », « o », « a », « b », « i », « l », « c », et dans sa tête il entend : « j'ai », « hache », « thé », « eau », « ah », « bée », « y », « elle », « c'est », et parfois des mots se glissent par hasard dans l'enfilade des lettres, comme ici « j'ai acheté », « abbaye » : des mots apparus dans l'enfilade des voyelles et des consonnes, et des images de rêves apparaissent et le rêve commence, le rêve commence et on arrête d'enfiler des lettres sans même s'en rendre compte, et donc il enfile des lettres comme ça et il lui arrive de sentir le sommeil venir dans le mouvement de l'enfilade, comme s'il assistait au moment où le sommeil le gagnait, comme si au lieu de penser à des choses, c'est tout à coup les choses qui commençaient à se penser en lui, comme si à un certain point ce n'était plus lui qui pensait mais la pensée qui pensait à travers lui, et cette pensée qui pense à travers lui prend parfois, à ce moment précis de l'endormissement, la voix de sa mère, c'est sa mère qu'il entend, des morceaux de sa voix bien imprimés dans sa tête, une expression familière, par exemple : « as-tu besoin de t'ça », ou le son de son souffle, ou le son précis de son soupir d'inquiétude, ou le son précis de sa panique, ou le son précis de sa joie, c'est comme si à ce moment précis de l'endormissement, il pouvait *entendre* sa mère, ce qui n'est pas la même chose que de *penser* à elle ou même de *penser à sa voix*, c'est comme si au plus près de l'abolition de sa pensée consciente, sa mère parlait à travers lui avant qu'il ne glisse tout à fait dans le sommeil, « ferme tes trois petits yeux pis dors », qu'il entend dire, par exemple, et quand il éprouve ce passage de l'éveil au sommeil avec en bruit de fond la voix de sa mère, il se dit qu'il comprend les gens qui entendent des voix toute la journée, c'est à partir de cette expérience de l'endormissement qu'il peut très bien imaginer l'expérience de celles et ceux qui entendent à l'extérieur des voix qui viennent de l'intérieur, il lui est déjà arrivé d'avoir le vertige en s'imaginant qu'il était peut-être prédisposé à entendre des voix, prédisposé à sombrer dans la folie et à entendre la voix de sa mère lui dire toute la journée « as-tu besoin de t'ça ? » ou « ferme tes trois petits yeux pis dors ».

Mais avant d'en arriver à cette technique optimale d'endormissement, il a un jour essayé autre chose que les moutons, les prénoms et les lettres, il lui est arrivé de se mettre à chercher le nombre qui entre zéro et mille contenait le plus grand nombre de lettres, il s'est mis à chercher ça pour essayer de s'endormir la veille d'un rendez-vous où l'homme qui écoute les histoires le recevait à neuf heures du matin pour écouter ses histoires, il s'est mis à chercher ça en procédant méthodiquement : d'abord entre un et dix, le chiffre avec le plus grand nombre de lettres c'est quatre, qu'il s'est dit, entre dix et vingt c'est quatorze, qu'il s'est dit, entre zéro et cent c'est quatre-vingt-quatorze, qu'il s'est dit, entre zéro et mille c'est quatre-cent-quatre-vingt-quatorze, qu'il s'est dit ; le nombre avec le plus de lettres entre zéro et mille c'est quatre-cent-quatre-vingt-quatorze, donc : vingt-neuf lettres, c'est la conclusion de sa petite analyse qui ne l'a pas aidé à s'endormir du tout, tant pis, alors il continue, il se dit « je vais essayer de compter le montant le plus élevé que pourrait me coûter un mois de séances avec l'homme qui écoute les histoires, Daniel », c'est ce qu'il se dit, il essaie ça, alors il se demande d'abord jusqu'à combien de séances par mois on peut se rendre quand on a comme lui deux séances par semaine : neuf séances, neuf séances est le maximum de séances qu'on peut avoir à l'intérieur d'un même mois, neuf séances à cinquante-cinq dollars chacune, il fait le calcul, ça monte à quatre-cent-quatre-vingt-quinze dollars, il en revient pas : un dollar d'écart, un dollar d'écart entre le nombre qui entre zéro et mille contient le plus de lettres et le montant le plus élevé qu'il peut avoir à payer pour un mois de séances avec l'homme qui écoute les histoires, un écart d'un dollar entre quatre-cent-quatre-vingt-quinze et quatre-cent-quatre-vingt-quatorze, deux montants auxquels il est arrivé dans ses calculs pour s'endormir, une coïncidence, d'ailleurs il devra remettre un chèque à l'homme qui écoute les histoires demain matin, un chèque de quatre-cent-quatre-vingt-quinze dollars, c'est le montant qu'il devra donner demain matin à l'homme qui écoute les histoires avant de lui raconter toutes ses histoires d'insomnies et de lui raconter sa peur d'en venir un jour à entendre la voix de sa mère toute la journée lui dire « as-tu besoin de t'ça ? » ou « ferme tes trois petits yeux pis dors ».

Mais qu'est-ce que ça veut dire « trois petits yeux » quand on a juste deux yeux, pourquoi est-ce qu'il y a un écart d'un œil ? est-ce que c'est l'œil du petit Jésus dans son cœur ? est-ce que c'est l'œil de sa mère qui le regarde ? est-ce que c'est l'œil de Margot Turcotte ? est-ce que c'est l'œil du caissier du Club Vidéotron ? est-ce que c'est l'œil de la travailleuse sociale? est-ce que c'est l'œil de Manuel, celui sur son permis de conduire, caché en dessous de son gros pouce? est-ce que le troisième œil, c'est son pénis ? est-ce que le troisième œil, c'est l'œil de la connaissance ? est-ce que le troisième œil, c'est celui de l'homme qui écoute les histoires, voulez-vous bien me dire ?

2012

EN 2012, son rapport à l'argent est tellement exacerbé qu'on pourrait raconter toutes sortes de choses, on ne sait pas par où commencer, les souvenirs ne sont pas assez loin, on n'arrive pas à se faire une idée d'ensemble, on a le nez collé sur 2012, comme Narcisse sur son reflet, Narcisse qui plonge en lui et meurt à vouloir ne faire qu'une image de deux images, il faut mettre des mots entre soi et soi pour ne pas sombrer, il faut des mots, il faut un pousse-mine, il faut ériger un écran entre soi et soi, il faut reculer un peu : c'est en reculant qu'on arrive à voir, c'est en reculant qu'on aperçoit les contours d'une scène, quand on est dans la scène on ne voit pas bien, quand on dit « je » on se trompe à tout coup, on est trop proche, c'est en reculant qu'on arrive à voir son reflet, le nez dans le miroir on ne voit rien du tout, il faut reculer, il faut reculer dans l'espace et dans le temps, c'est en reculant qu'on voit mieux, c'est pour ça qu'on voit mieux le passé que le présent.

Il y a quand même dix ans qui nous en séparent, de 2012, on commence à en voir quelque chose un peu, mais on n'arrive pas à parler de 2012 en parlant de

« l'enfant », on n'arrive pas à parler de 2012 en parlant de « l'ado », on n'arrive pas non plus à parler de 2012 en parlant de « moi », on ne sait plus comment faire, essayons quand même.

En 2012, l'homme qui écoute les histoires cesse d'écouter les histoires le temps de guérir de quelque chose, il prend quelques mois pour guérir de quelque chose, on ne sait pas de quoi l'homme qui écoute les histoires doit guérir parce qu'on ne lui a jamais demandé ni avant ni après sa guérison, on ne lui a pas demandé parce que l'homme qui écoute les histoires ne répond pas aux questions, on a rapidement compris ça durant les premières séances avec lui, il parle, mais il ne répond pas, alors on passe des années à s'étendre sur le divan de l'homme qui écoute les histoires sans lui poser de questions. Le jour où l'homme qui écoute les histoires dit qu'il doit interrompre les séances « pour une durée indéterminée », on ne comprend pas sur le coup qu'il s'agit d'un arrêt maladie, sur le coup on n'arrive à penser à rien d'autre qu'au rejet impliqué par cette annonce-là, on est trop près de l'annonce, on n'a pas le recul nécessaire, on pense au rejet, on pense souvent au rejet quand on a été adopté à l'âge de cinq jours et que le rejet est pour ainsi dire l'acte inaugural de notre mise au monde, on pense beaucoup à l'argent quand on a été adopté à l'âge de cinq jours et qu'on s'imagine qu'une transaction est aussi l'acte inaugural de notre mise au monde ; alors quand l'homme qui écoute les histoires annonce qu'il doit arrêter d'écouter les histoires pour une durée indéterminée, on est confus, on est confus et on prend notre courage à deux mains pour poser une question, c'est la première question qu'on pose depuis des années, on lui demande : « est-ce que vous arrêtez de voir vos autres patients aussi ? », c'est ce qu'on demande à l'homme qui écoute les histoires, on veut savoir si l'homme qui écoute les histoires arrêtera d'écouter les histoires de tout le monde ou s'il arrêtera d'écouter nos histoires seulement, ça sort comme ça ; évidemment qu'il arrêtera d'écouter les histoires de tout le monde et pas seulement les nôtres, on ne prend jamais congé d'un seul patient, mais c'est tout de même ce qu'on a pensé à ce moment-là, l'espace d'un instant, et cette question, la seule question posée à l'homme qui écoute les histoires en plusieurs années, cette question-là, on en parle longtemps avec lui, on parle avec lui de cette question-là, celle à laquelle il a répondu.

Alors en 2012 on arrête de raconter les histoires, mais on a plein d'histoires à raconter, on déborde d'émotions, d'euphorie et de colère entremêlées, on vit une période de grandes émotions, on s'informe, on manifeste, on fait la grève, on crie, on écrit, on apprend.

Tous les jours on fait toutes sortes de calculs en lisant les journaux : le gouvernement annonce une hausse des frais de scolarité de 1 625 dollars étendue sur cinq ans, on ne pense pas qu'on sera encore aux études dans cinq ans, quand la hausse atteindra son sommet, mais on est préoccupé pour celles et ceux qui viendront après nous, on manifeste pour celles et ceux qui après nous voudront étudier à l'université sans le soutien financier de leurs parents, on manifeste pour celles et ceux qui comme nous ont du mal à recevoir des prêts et bourses du gouvernement, on manifeste pour celles et ceux qui sont victimes des calculs erronés du gouvernement, les calculs concernant la capacité des parents à payer les études des enfants, par exemple, c'est peut-être tout ce qu'il faut en dire, finalement : durant cette période, 2012, le gouvernement fait toutes sortes de calculs erronés et la colère vient de là ; l'euphorie, elle, elle vient de l'amitié qui naît dans la rue avec d'autres personnes comme nous qui sont hors d'elles devant les calculs erronés du gouvernement, on est plusieurs, en 2012, à être hors de nous, on est plusieurs à sortir de notre corps dans le cri.

Parmi tous les calculs erronés du gouvernement, on peut penser à l'offre du vingt-sept avril 2012, une offre qui cherche à mettre fin à la crise, une offre pour arrêter la grève, l'euphorie et les cris : alors que la hausse des frais de scolarité proposée par le gouvernement était de 1 625 dollars étalée sur cinq ans, le gouvernement propose d'étaler une hausse de 1 778 dollars sur sept ans : on rajoute deux ans, mais on hausse la hausse, on passe d'une hausse de soixante-quinze pour cent sur cinq ans à une hausse de quatre-vingt-sept pour cent sur sept ans, on essaie de régler le problème en haussant les frais au lieu de les diminuer, la belle affaire, on monte au lieu de descendre, on étale mais on beurre plus épais, cela nous met hors de nous, hors de nous, c'est-à-dire qu'on se sent sortir de notre corps tellement la colère est concentrée là, on crie et l'intérieur du corps sort par la bouche ; on peut aussi penser à cette fois où la ministre de l'Éducation propose de punir l'Université Concordia en raison d'une prime de départ faramineuse versée par l'université à son recteur : pour punir l'université, la ministre de l'Éducation propose d'appliquer une pénalité de deux-millions de dollars aux subventions accordées à l'université, des subventions dont le corps étudiant bénéficie, on punit le corps étudiant pour la mauvaise gestion des cadres au lieu de punir les cadres ; parmi tous les calculs erronés, on peut aussi penser à celui d'un chroniqueur qui aperçoit cinq étudiants boire une sangria sur une terrasse et voit là une preuve irréfutable de la capacité de tous les grévistes à payer la hausse, comme si toute une génération se trouvait là incarnée dans le corps de cinq personnes, comme s'il fallait absolument être pauvre pour soutenir les pauvres, entre autres illogismes, tous ces calculs erronés nous mettent hors de nous, encore aujourd'hui, alors on est tellement hors de nous en 2012 qu'on essaie de trouver une autre personne pour écouter nos histoires à la place de l'homme en train de guérir d'on ne sait quel mal, on trouve une femme pour écouter nos histoires le temps de trois séances parce qu'on est trop hors de nous.

Mais avant de parler de cette femme-là, avant de parler de cette femme qui écoute nos histoires le temps de trois séances, il faut peut-être parler d'un autre événement survenu durant cette période d'euphorie et de colère, il faut peut-être dire que durant cette période d'absence de l'homme qui écoute les histoires, en 2012, on entreprend des démarches pour rencontrer notre autre mère, la mère du jour zéro, il faut peut-être dire qu'on rencontre cette mère-là dans les locaux des services sociaux de Montréal au coin d'Amherst et De Maisonneuve après quelques mois de démarches et de recherches, en 2012, il faut peut-être dire qu'on est heureux de faire ces démarches, heureux de rencontrer cette mère-là, heureux de mettre une image sur le visage de la mère du jour zéro, cette mère qui a dû donner son enfant en adoption pour toutes sortes de raisons qui lui appartiennent et qui concernent sa vie difficile à elle, sa vie d'avant nous, il faut peut-être dire que cette mère-là manifeste un désir de nous voir, c'est-à-dire de voir son fils du jour zéro, nous, il faut peut-être dire que cette mère-là manifeste un désir de nous voir et de nous revoir et qu'on mettra un frein à ce désir-là, « une mère c'est assez », qu'on se dit, et il faut peut-être dire que lors de cette première et seule rencontre avec cette mère-là dans les bureaux des services sociaux au coin d'Amherst et De Maisonneuve, cette mère-là nous parle de sa vie à elle, de sa dure vie à elle, de ses trois autres enfants nés après nous, elle nous parle en particulier de son autre fils, un adolescent sans père qui traverse une adolescence difficile d'adolescent sans père, elle aimerait ça que nous, le fils donné en adoption à la naissance qu'elle rencontre pour la première fois vingt-cinq ans plus tard dans les locaux des services sociaux au coin d'Amherst et De Maisonneuve, elle aimerait ça qu'on rencontre son autre fils, un adolescent sans père, elle nous demande ça lors de notre première et seule rencontre avec elle, elle nous fait assez confiance pour nous demander ça, autrement dit elle nous demande d'être le père de son fils, ce n'est pas ce qu'elle dit, mais c'est ce qu'on entend, c'est ce qu'on éprouve, elle nous demande d'être le père de son autre fils avant même de nous demander d'être son fils à elle, elle nous demande d'être le père de son autre fils avant même de nous demander d'être son frère à lui, et c'est peut-être la raison pour laquelle on décide de ne plus la voir, maintenant qu'on a une image d'elle qui nous permet de faire un deuil : on n'a pas envie d'être le père du fils de notre mère, c'est trop nous demander à ce moment-là, on a pas envie d'être le père de notre frère, c'est beaucoup d'émotions qui s'ajoutent à l'euphorie et à la colère de cette période-là, 2012.

Aujourd'hui la rue Amherst n'existe plus, on a changé son nom, on l'a nommée Atateken, il faut dire a-da-dé-gan, c'est comme ça qu'il faut le dire, on a retiré le nom d'un général de l'armée britannique pour un nom mohawk, un nom qui veut dire « fraternité », un nom mis là pour rendre hommage à l'héritage autochtone de la ville, un nom mis là pour enlever un autre nom, le nom Amherst, le nom d'un général connu pour avoir voulu exterminer les Autochtones en leur offrant des couvertures infestées de variole, on a changé le nom, on a voulu s'approcher des origines de la ville, il faut parfois changer de nom, il faut parfois reculer pour avancer.

Et donc en 2012 on sent le besoin de raconter nos histoires à quelqu'un qui est en mesure de les écouter, mais l'homme qui écoute les histoires doit guérir d'un mal inconnu, alors on écrit à l'organisme auquel l'homme qui écoute les histoires est affilié, un organisme qui offre des tarifs réduits aux personnes qui ont des histoires à raconter mais peu d'argent pour se payer ce service-là, alors une femme de l'organisme accepte de nous recevoir durant trois séances pour écouter nos histoires en attendant que l'homme qui écoute les histoires guérisse de son mal inconnu, elle accepte de nous accueillir en échange de cinquante-cinq dollars dans son bureau, son bureau au demi-sous-sol de sa maison de Westmount, une maison située dans un quartier placardé de pancartes électorales du parti politique à l'origine de notre colère et de notre euphorie, un quartier où ce parti politique est élu haut la main, haut la main, haut les mains, alors on pense à ça durant les trois séances où l'on raconte nos histoires à cette femme-là qui les écoute en échange de cinquante-cinq dollars, cette femme-là devenant bien malgré elle le tableau blanc sur lequel se projettent notre colère et notre euphorie, notre colère envers les calculs erronés du gouvernement élu par des gens comme elle qui vivent dans son quartier à elle, le gouvernement élu par cette femme-là, peut-être, alors on lui dit toutes sortes de choses à cette femme-là, on vide notre sac, elle est là pour ça, on lui parle de la mère du jour zéro rencontrée il y a quelques semaines, on lui parle de l'angoisse qu'on éprouve devant le désir de cette mère-là qu'on soit un père pour son autre fils, qu'on soit un père au lieu d'être un frère, on parle des calculs erronés du gouvernement et de toute la colère que ces calculs erronés engendrent en nous, on raconte tout ça.

Plus précisément, on raconte à cette femme-là une histoire entendue de la bouche de notre ami, un journaliste, un journaliste ami avec un autre journaliste, c'est une rumeur, peut-être, peut-être pas, c'est une histoire, on raconte à cette femme-là l'histoire d'une ministre partie de Québec en jet pour se faire coiffer à Montréal sur le boulevard Saint-Laurent, on raconte à la femme cette histoire-là racontée par l'ami journaliste de notre ami journaliste, un journaliste qui serait en train d'essayer de la faire sortir au grand jour, cette histoire, on raconte ça à la femme qui écoute les histoires, une rumeur, on raconte à cette femme-là à quel point ça nous met hors de nous de savoir qu'une ministre du gouvernement qui demande aux étudiants de faire leur juste part utilise un jet payé par les contribuables pour aller de Québec à Montréal se faire couper les cheveux dans un salon de coiffure situé sur le boulevard Saint-Laurent, c'est peut-être une rumeur, c'est peut-être pas une rumeur, mais on raconte cette histoire-là à cette femme-là en essayant de comprendre pourquoi ça nous met hors de nous, on essaie de comprendre ce qui se joue en nous à ce moment-là quand la colère envers les calculs erronés du gouvernement nous travaille autant le corps, on essaie de comprendre quelque chose à ces affects-là, et en même temps on se rend bien compte qu'on dit ça *à elle*, à cette femme-là qui vit dans le quartier qui élit ce gouvernement-là, on se rend bien compte qu'on dit ça à cette femme-là et que cette femme-là est peut-être d'accord avec toutes les décisions du gouvernement en question, elle est peut-être amie avec la ministre, comment savoir, c'est ce qu'on se dit en racontant l'histoire du jet et du salon de coiffure situé sur le boulevard Saint-Laurent, c'est ce qu'on se dit en parlant à cette femme-là qui tout à coup nous apparaît avoir des beaux cheveux, de très beaux cheveux, et ça nous paralyse tout à coup de penser que cette femme-là devant nous nous déteste, qu'elle nous déteste autant que le gouvernement nous déteste, on se met à imaginer que cette femme-là nous déteste, qu'elle se fait coiffer dans le même salon que la ministre, et quand on raconte cette histoire de jet, de ministre et de coupe de cheveux, on attrape au passage un regard suspicieux de la femme qui écoute les histoires, un regard encadré par sa magnifique chevelure, une chevelure qui nous apparaît à la fois magnifique et méchante, comme si la femme qui écoute les histoires ne croyait rien de notre histoire de ministre partie se faire couper les cheveux sur le boulevard Saint-Laurent en prenant un jet de Québec à Montréal, comme si la femme qui écoute les histoires ne croyait rien à notre histoire, celle racontée par l'ami journaliste d'un ami journaliste, une histoire qui est peut-être une rumeur ou qui est peut-être un fait, et ce regard devant lequel on se trouve est peut-être suspicieux ou peut-être pas, c'est peut-être aussi un regard qu'on imagine suspicieux en lui racontant notre histoire, c'est peut-être un regard suspicieux qui n'est pas réellement suspicieux, c'est peut-être un regard qu'on imagine suspicieux parce qu'on raconte nos histoires dans le demi-sous-sol d'une maison de Westmount où vivent celles et ceux qui élisent le gouvernement en question, celles et ceux qui en général profitent bien des calculs erronés de ce gouvernement-là, c'est peut-être nous qui suspectons la femme de quelque chose, mais dans tous les cas le regard attrapé au passage ou imaginé au passage nous va droit au cœur et on fait une crise de panique dans le bureau de cette femme-là, on s'énerve, on respire mal, on se gratte, on n'est pas bien du tout, ça ne nous est jamais arrivé, ça dure quelques secondes, ça passe, ça finit par passer, et quand ça finit par passer, la femme qui écoute les histoires nous annonce que ce sera notre dernière séance avec elle, « ce sera notre dernière séance », qu'elle dit, c'est à se demander ce qui lui passe par la tête, la tête sous la magnifique chevelure, c'est à se demander pourquoi les rejets s'enchaînent : d'abord la mère du jour zéro, ensuite l'homme qui écoute les histoires et maintenant elle, c'est à se demander pourquoi les rejets se multiplient, « ce sera notre dernière séance », qu'elle dit, la femme qui écoute les histoires et qui avait bien annoncé qu'elle nous recevait pour trois séances seulement, mais quand même, on aurait pu s'attendre à ce qu'elle nous offre de nous recevoir quelques séances supplémentaires, au moins une, étant donné qu'on vient de faire une crise de panique dans son bureau, mais non, trois séances seulement, elle a fait sa juste part, qu'elle se dit, sûrement : « d'accord », qu'on dit, quelques minutes après la crise de panique, « d'accord », qu'on dit au lieu de hurler ou de pleurer ou de la supplier de nous recevoir une autre fois, de ne pas nous abandonner comme ça, « d'accord », qu'on dit avant de sortir de la maison et de nous arrêter au coin de la rue pour nous asseoir sur le sol et pleurer toute la panique accumulée, tout ça parce qu'on s'est imaginé un instant que cette femme-là était d'accord avec tous les calculs erronés du gouvernement, tout ça parce qu'on s'est dit que si elle était capable d'être d'accord avec tous les calculs erronés du gouvernement, elle pouvait aussi bien être d'accord avec tous les calculs erronés auxquels on a été confronté dans notre histoire, par exemple le calcul erroné de la mère du jour zéro qui s'attend à ce qu'on accepte d'être le père de son autre fils - ce n'est pas tout à fait un calcul, ce n'est pas tout à fait ce qu'elle a dit non plus, mais c'est ce qu'on éprouve, c'est une sorte de calcul -, si elle est d'accord avec tous les calculs erronés du gouvernement, elle est bien capable d'être d'accord avec ça, avec un fils qui devient le père de son demi-frère, elle est bien capable d'être d'accord avec la ministre qui emprunte le jet du gouvernement pour se faire couper les cheveux à Montréal, elle est bien capable d'être d'accord avec la mère qui fait disparaître le billet de vingt dollars de son fils dans sa sacoche, elle est bien capable d'être d'accord avec la mère qui chicane son fils pour avoir acheté un Club Casino au lieu d'un Sept chanceux, elle est bien capable d'être d'accord avec la mère qui chicane son fils pour avoir acheté un chandelier en forme de tulipe au lieu d'un brûleur à huiles essentielles, elle est bien capable d'être d'accord avec toutes ces chimères, quand on est d'accord avec les calculs erronés du gouvernement, on est bien capable d'être d'accord avec tout ça, on est bien capable.

17 500

UN JOUR, ON COMMENCE à être de moins en moins endetté, financièrement parlant, car il y a des dettes dont on ne se débarrasse pas très facilement. On travaille depuis longtemps au Second Cup sur l'avenue du Mont-Royal au salaire minimum pour payer nos études : on s'endette année après année en se disant qu'un jour, peut-être, on pourra rembourser tout ça. Un jour, on commence à être de moins en moins endetté, mais il faut peut-être dire que la dette financière ne nous inquiète pas tant que ça, car on est habitué à l'endettement, le sentiment d'être endetté est un sentiment familier, un sentiment dans lequel on se reconnaît, on s'habitue au sentiment d'être endetté quand on a été adopté à l'âge de cinq jours et qu'on a l'impression d'être endetté de notre vie, endetté de notre vie sauvée du néant, c'est en tout cas comme ça qu'on se sent, nous, moi, ce n'est peut-être pas le cas de tous ceux et toutes celles à qui ça arrive, qu'en sais-je.

Et donc un jour on commence à être de moins en moins endetté, parce qu'on commence à obtenir des bourses d'études substantielles, d'abord une bourse de

17 500 dollars à la maîtrise et ensuite une bourse de 105 000 dollars au doctorat, on n'a jamais eu autant d'argent, même si on a encore beaucoup de dettes que ces bourses-là ne peuvent pas rembourser, puisqu'il faut les faire durer sur plusieurs années, les bourses, mais quand même, on n'a jamais reçu autant d'argent pour faire ce qu'on aime faire : lire, étudier, apprendre, analyser, comprendre, décortiquer ; tout cet argent-là obtenu pour faire des choses qu'on aime faire, c'est une nouveauté dans notre vie, c'est une nouveauté puisqu'on est plus habitué à la dette qu'au surplus, et il semble que malgré la joie d'être en surplus, un mal-être diffus s'installe en nous, un mal-être envahit notre corps précisément au moment où l'on est financièrement parlant moins endetté que jamais, un mal-être envahit notre corps, notre corps plus habitué à la dette qu'au surplus, c'est un mal-être qui commence par une indigestion, une indigestion vécue le jour même où l'on apprend la nouvelle de l'obtention d'une bourse de 17 500 dollars, ce jour-là, on vomit notre ragoût de bœuf, on vomit tout ce qu'on a dans le corps et on se dit que le bœuf était passé date, il était peut-être passé date, qu'en sais-je, mais l'année d'après, lorsqu'on apprend l'obtention d'une bourse de 105 000 dollars pour le doctorat, on vomit encore plus fort, on vomit notre pizza cette fois-là, on vomit tout ce qu'on avait dans le corps encore une fois, et en racontant ce vomissement à l'homme qui écoute les histoires, on se rappelle le vomissement

de l'année précédente, et on voit là une coïncidence, on voit là une corrélation, on se dit que notre corps est peut-être plus habitué à la dette qu'au surplus, on se dit que notre corps sent peut-être le besoin de faire un peu de place pour accueillir tout cet argent-là : on a vomi tout ce qu'on avait dans le corps pour accueillir ces deux bourses-là, on a vomi pour faire de la place, qu'on se dit, l'interprétation est féconde, parce qu'elle est le point de départ de toutes sortes de nouveaux calculs qui émergent, se racontent, se tricotent et se détricotent, l'interprétation permet à toutes sortes de nouveaux souvenirs d'émerger, on se dit qu'on vomit parce que notre corps est plus habitué au moins qu'au plus, c'est une analyse comme une autre, et ce sentiment de n'être plus en dette nous travaille vraiment le corps, ça nous travaille le corps durant plusieurs années, car même si on devrait être mieux au moment de l'obtention des bourses, même si on devrait être mieux maintenant qu'on est moins endetté, on est moins bien tout compte fait, on se sent coupable, on devient végétarien, on est moins bien en fin de compte, et depuis qu'on est moins en dette, notre corps réagit de toutes sortes de façons, les symptômes prennent le relai les uns après les autres, de l'eczéma sur la main, par exemple, de l'eczéma sur la main ma main qui nous amène à raconter à l'homme qui écoute les histoires l'histoire des tunnels carpiens de notre mère.

Alors qu'on devrait être mieux, on va moins bien, notre corps est plus à l'aise dans l'espace de la dette que dans l'espace du surplus, qu'on se dit, c'est cruel, c'est ce qu'on se dit durant un temps qui dure quelques années, alors on raconte des histoires, on parle des symptômes qui prennent le relai, et d'un symptôme à l'autre, d'une histoire à l'autre, on parcourt toute une vie faite de plus et de moins, de surplus et de dettes, on fait de l'ordre, on dénoue beaucoup de choses, on a moins mal à la gorge, on fait moins d'eczéma, on est moins fatigué, on a moins mal au ventre, on panique moins, ça prend des années et ça fait mal : il faut avoir mal à la gorge pour arrêter d'avoir mal à la gorge, il faut faire de l'eczéma pour arrêter de faire de l'eczéma, il faut être fatigué pour arrêter d'être fatigué, il faut avoir mal au ventre pour arrêter d'avoir mal au ventre, il faut paniquer pour arrêter de paniquer, et à force de paniquer dans le bureau de l'homme qui écoute les histoires, on panique moins en général, parce que la panique nous fait parler de la panique, et à force d'avoir mal au ventre dans le bureau de l'homme qui écoute les histoires, on a moins mal au ventre en général, parce qu'on parle des maux de ventre et des histoires qui viennent avec, et à force d'avoir de l'eczéma sur les mains, on a moins d'eczéma sur les mains, parce que l'eczéma sur les mains nous fait parler des mains en général, des histoires qui viennent avec les mains, les histoires et les symptômes défilent ainsi et de fil en aiguille, de tricotage en détricotage, de racontage en invention, on est de mieux en mieux, avec les années, on est de mieux en mieux, on est très bien même, on va bien, je vais bien.

Mais il ne faudrait pas croire qu'on en a fini avec la dette, et même si on a l'impression qu'en racontant et en écrivant toutes ces histoires on dénoue quelque chose, on se rend compte que la dette grandit, la dette envers celles et ceux qu'on met en scène dans nos histoires grandit, elle, cette dette-là ne disparaît pas dans les histoires, elle grandit à mesure qu'on raconte, qu'on tricote et qu'on détricote, à mesure qu'on invente, il faut peut-être dire qu'on a tout inventé, c'est peut-être ça la solution, peut-être qu'il faut dire qu'on a tout inventé pour que la culpabilité disparaisse, alors allons-y : on a tout inventé, c'est ce qu'il faut dire, il faut peut-être dire qu'on n'a rien inventé du tout, il faut peut-être dire les deux choses en même temps, et c'est peut-être ça le drame, de ne pas pouvoir dire deux choses en même temps, on a beau parler fort, on a beau écrire vite, on a beau pousser fort sur le pousse-mine, on a beau dire une chose après l'autre, on ne peut pas dire deux choses en même temps, on ne peut pas dire *en même temps* qu'on a tout inventé et qu'on a rien inventé, on aurait beau dire qu'on a t***r***o***i***u***e***t***n*** inventé ou qu'on a r***t***i***o***e***u***n***t*** inventé, on n'ira pas loin avec ça, on n'ira pas loin avec ces lettres qui peuvent se coller l'une à l'autre sans jamais se fondre l'une dans l'autre, on n'ira pas loin avec ces lettres qui ne peuvent pas être à la fois intelligibles et superposées les unes aux autres, ou au contraire, c'est peut-être pour ça qu'on va loin au lieu de rester ici, qu'on avance au lieu de s'enfoncer, c'est peut-être en empilant qu'on avance, en empilant des chiffres et des lettres, mais une chose est sûre : on ne peut pas parler plus vite que soi, on ne peut pas soi-même se couper la parole, on ne peut pas parler en même temps que soi-même, on aura beau essayer, on aura beau dire « on » pour parler de soi et soi en même temps, on aura beau essayer, on aura beau essayer quand même, il y aura toujours un écart.

20 000

VIENT UN MOMENT où l'on veut adopter un enfant à notre tour, vient un moment, après plusieurs années d'hésitation, où l'on décide que l'on veut adopter un enfant nous aussi, ce moment vient, on a hésité longtemps et on hésite encore un peu, j'hésite encore un peu, on tergiverse, mais on se lance dans le processus.

Au départ on hésitait pour des raisons de santé, c'est la santé qui nous inquiétait le plus, pas la nôtre : celle de l'enfant à venir. On avait peur de tomber sur un enfant malade, on avait peur de voir notre quotidien transformé complètement, on avait peur de voir notre avenir s'effriter sous nos mains, ça nous inquiétait, ça nous inquiète encore un peu, il faut le dire, il y a un risque, le risque est là, il y a toujours le risque d'avoir un enfant malade, et ce risque-là concerne aussi celles et ceux qui ne passent pas par l'adoption, qui ne passent pas par les poupées Bout d'chou, celles et ceux qui utilisent leur propre corps pour enfanter, les gars aux filles et les filles aux gars, mais le risque de tomber sur un enfant malade est accru lorsqu'on adopte, il faut le dire, le risque est accru parce que les enfants donnés en adoption sont souvent issus d'environnements difficiles, il y a souvent de la drogue dans le portrait, de la pauvreté, de la misère, des abus, des viols ; et d'un autre côté, le risque d'avoir un enfant malade est en partie contrôlé par un formulaire, le « formulaire d'inscription en vue d'un projet d'adoption », c'est le formulaire qu'il faut remplir lorsqu'on s'engage dans le processus. Dans ce formulaire-là, il y a une section intitulée « description de l'enfant souhaité », on vous demande vos souhaits, on vous demande vos préférences, on vous demande de cocher des cases pour décrire l'enfant souhaité, on vous demande de cocher le groupe d'âge souhaité, on vous demande de cocher le sexe souhaité, on vous demande de cocher l'ethnie souhaitée, on vous demande de cocher les conditions de santé souhaitées, il y a tout ça dans le formulaire : adopteriez-vous des jumeaux ? oui ; une fratrie ? non ; adopteriez-vous un enfant blanc ? oui ; noir ? oui ; mulâtre ? oui ; asiatique ? oui ; d'origine mixte ? oui ; autochtone ? oui ; on vous demande ça dans le formulaire, « indiquez vos préférences », qu'il dit, le formulaire, et, surtout, il y a une section intitulée « caractéristiques particulières » où l'on vous demande si vous accepteriez d'adopter un enfant avec des caractéristiques particulières, « accepteriez-vous d'adopter un enfant porteur du VIH ? » qu'on demande, « accepteriez-vous d'adopter un enfant porteur de l'hépatite ? » qu'on demande,

« accepteriez-vous d'adopter un enfant autiste, trisomique, un enfant atteint du syndrome d'alcoolisme fœtal, un enfant portant les séquelles de la maltraitance ? », on demande tout ça dans le formulaire, on ne sait pas quoi cocher, et on ne peut pas s'empêcher de remarquer l'écart entre les deux questions, l'écart entre « enfant souhaité » et « accepteriez-vous », il y a un écart, ce n'est pas la même chose, il y a un écart entre les choses que l'on souhaite et les choses que l'on accepte de faire, il y a un écart entre le désir et la responsabilité, mais ici les désirs ont un effet, puisqu'on les inscrit dans un formulaire.

Si vous demandez à une mère sur le point d'accoucher la description de son enfant souhaité, il risque d'y avoir un écart entre l'enfant souhaité et l'enfant sur le point de naître, un écart dû à la dimension du hasard ; si vous demandez à une mère sur le point d'accoucher la description de son enfant souhaité, il y a des chances qu'elle vous mente ou qu'elle se mente à elle-même, qu'il y ait un écart entre ses mots et son désir, et si l'écart se révèle mince entre l'enfant souhaité par cette mère-là et l'enfant réel sur le point de naître, ce sera aussi à cause de la dimension du hasard, à moins de croire à la puissance des souhaits, à moins de croire à la force des prières, à moins de croire au petit Jésus, et on peut imaginer que l'on oublie d'un coup l'enfant souhaité quand l'enfant réel est dans nos bras, on peut imaginer que l'on devient entièrement occupé par notre amour de cet enfant-là sous nos yeux, et on peut aussi imaginer que nos souhaits ne disparaissent pas complètement, qu'ils se cachent quelque part et engendrent des effets, mais dans le cas de l'adoption, l'écart entre l'enfant souhaité et l'enfant réel ne relève pas entièrement du hasard, il y a un formulaire impliqué, ça change tout, on ne peut plus s'en remettre à la dimension du hasard propre à la mise au monde des enfants, et si on coche toutes les cases en se disant qu'on préfère s'en remettre au hasard, les probabilités qu'on nous confie un enfant avec des caractéristiques particulières augmentent radicalement, elles augmentent parce qu'on fait tout à coup partie des seules personnes à avoir coché toutes les cases de la section « caractéristiques particulières », les probabilités s'accroissent parce qu'il y a moins de gens qui les cochent, ces cases-là, forcément, ce n'est plus du hasard, c'est ce qu'on se dit, alors c'est pour ça qu'on tergiverse, on tergiversait avant de se rendre à l'étape du formulaire et on tergiverse au moment de le remplir, le formulaire, l'idée de remplir le formulaire en identifiant les enfants souhaités et les enfants non souhaités nous remplit de culpabilité, ça nous confronte, ça nous confronte à nos désirs, à notre désir d'avoir un bel enfant tout neuf, pas malade, au départ on préférait ne pas nous lancer là-dedans, on préférait ne pas remplir le formulaire du tout, on préférait ne pas avoir à faire face à cette partie-là de nous, la partie de nous qui préfère ne pas avoir un enfant avec des caractéristiques particulières, c'est ce qui nous a longtemps fait tergiverser.

On ne sait pas ce que nos parents ont coché dans le formulaire pour tomber sur nous, on ne sait pas quelle équation mathématique a permis l'adoption du petit Louis-Daniel par la famille Godin-Ouimet, le petit Louis-Daniel qui ne s'appelait d'ailleurs pas Louis-Daniel au départ ; Louis-Daniel, c'est le nom du jour cinq, pas le nom du jour zéro, le nom du jour zéro est écrit dans un autre formulaire, celui rempli par la mère du jour zéro lors du jour zéro, au moment de donner son enfant en adoption, ce formulaire-là est dans un de nos tiroirs, c'est un formulaire avec des informations non confidentielles sur notre mère biologique et sur notre père biologique, ce sont des informations sur leurs caractéristiques particulières à elle et à lui. Dans la section « caractéristiques particulières » du père d'origine inconnue, par exemple, on lit « père d'origine inconnue », c'est ce qu'on lit, on lit aussi « consommait de la cocaïne », on peut lire ça dans le formulaire, et à propos de la mère du jour zéro, on lit « a consommé de l'alcool en début de grossesse », il n'y a pas juste les enfants qui peuvent avoir des caractéristiques particulières, les parents aussi.

Lounis est le nom du jour zéro tandis que Louis-Daniel est le nom du jour cinq, Lounis est le nom donné à l'enfant par la mère du jour zéro lors du jour zéro, sur Google on lit qu'il s'agit d'un prénom d'origine arabe qui signifie « compagnon de route », on s'imagine longtemps des origines arabes à cause de ça, et à cause de notre visage, de notre peau plus bronzée que la moyenne, de nos cheveux noirs bouclés, de la forme de nos yeux, on s'imagine qu'on est à moitié Arabe, on s'imagine ça jusqu'au moment de rencontrer notre mère du jour zéro dans les locaux des services sociaux sur De Maisonneuve au coin d'Amherst, on s'imagine à moitié Arabe jusqu'à ce jour-là où la mère du jour zéro nous parle de notre père biologique d'origine italienne, on devient tout d'un coup à moitié Italien après avoir été à moitié Arabe durant vingt-cinq ans. Elle nous apprend aussi qu'il faut couper Lounis en deux pour en comprendre le sens, elle nous apprend que Lounis est un nom bricolé au moment d'accoucher, c'est un nom formé de deux noms : Louise et Alanis, c'est un nom formé des noms de ses deux amies, à la mère du jour zéro, ses deux amies présentes lors de son accouchement, on a su ça, on a fini par apprendre ça lors de notre rencontre avec elle dans les locaux des services sociaux au coin d'Amherst et De Maisonneuve, Lounis est formé du « Lou » de Louise et du « nis » d'Alanis, il faut dire Louniss, comme on dit anis, comme on dit Alanis, comme on dit jaunisse, Lounis est le nom du jour zéro tandis que Louis-Daniel est le nom du jour cinq, Lounis est un nom qui contient deux noms, comme Louis-Daniel, Louis-Daniel est aussi un nom bricolé avec deux noms, Louis et Daniel, Louis-Daniel est le nom du jour cinq, et en même temps on pourrait dire que c'est aussi le nom du jour moins un, du jour moins deux, du jour moins trois, et ainsi de suite, puisque c'est le nom choisi par la famille Godin-Ouimet longtemps avant la naissance, avant même l'invention du nom Lounis ; la famille Godin-Ouimet vient après la naissance mais le nom Louis-Daniel vient avant la naissance, c'est le nom de l'enfant souhaité, on ne savait juste pas sur quel enfant il allait tomber, le nom, le nom vient avant l'enfant, l'enfant entre dans le nom comme une main dans son gant, il faut parfois forcer quand le gant est trop petit, ça coince, il faut parfois souffler un peu pour dégager les parois, souffler dans le gant, souffler dans les oreilles de l'enfant, lui souffler son nom aux oreilles, « les oreilles ! », il faut avancer ; Louis-Daniel est un nom décidé d'avance qui aurait pu tomber sur un autre enfant, et en même temps, ce nom-là, on dirait qu'il conserve quelque chose du nom du jour zéro, Lounis, c'est une coïncidence, on dirait qu'on peut lire Lounis dans Louis-Daniel, on dirait qu'on peut lire Lounis dans Louis, à une lettre près, la lettre « n », il y a une lettre de différence, comme on peut lire Linda dans Daniel, à une lettre près, la lettre « e », on dirait que la mère du jour cinq a ajouté son nom au nom bricolé par la mère du jour zéro, on dirait qu'on a gardé Lounis et qu'on a ajouté Linda, Lounis-Linda, Louis-Linda, Louis-Daniel, en plus d'ajouter Godin-Ouimet, ça fait beaucoup de noms, on dirait qu'il y a deux mères dans notre nom, deux mères et deux amies, deux mères, deux amies et un père, ça fait beaucoup de monde.

On a hésité longtemps avant de nous lancer dans le processus d'adoption, donc, on a aussi hésité pour des raisons financières, on faisait de longues études sans savoir ce qui nous attendait au bout, ça nous faisait hésiter, on se disait « je vais attendre », « je vais attendre d'être rendu au bout », c'est ce qui est arrivé, on s'est rendu au bout, on a trouvé un travail et on a continué d'hésiter, on a continué d'hésiter à cause du formulaire et pour toutes sortes de raisons, on a continué d'hésiter parce qu'on est deux là-dedans, à nous lire on dirait qu'on est seul là-dedans, mais on est deux là-dedans, on est deux à vouloir former une famille, au départ c'est nous qui ralentissions le projet avec nos hésitations, et quand on a arrêté d'hésiter, c'est notre amoureux qui s'est mis à hésiter, il a pris le relai de l'hésitation.

Et donc un jour on est allé lire dans un café situé sur la rue de Bellechasse au coin De Saint-Vallier, c'est le café Les Oubliettes, on est allé lire au café Les Oubliettes et on a fait là une rencontre déterminante quant à notre désir d'adopter un enfant. « Oubliettes » : j'écris ce mot-là et ça me saisit, ce mot-là : « oubliettes », quel endroit pour faire une rencontre déterminante concernant l'adoption, quand on y pense, quel endroit pour décider qu'on veut finalement entreprendre un processus d'adoption au lieu d'oublier ça : le café Les Oubliettes, quand on y pense.

Et quand on y pense, nous vient à l'esprit que devant le café Les Oubliettes se trouve la Chambre de la Jeunesse de Montréal, les oubliettes, la jeunesse, oublier la jeunesse, enfermer la jeunesse dans sa chambre, jeter la jeunesse aux oubliettes, c'est un coin de rue chargé ; et quand on y pense, on pense à une histoire que notre mère raconte souvent, l'histoire d'un enfant jeté aux oubliettes, notre mère raconte souvent qu'avant notre adoption elle a été famille d'accueil, elle raconte ça quand on va souper chez elle à Blainville, rendu au dessert, elle devient émotive et elle raconte toutes sortes de choses sur l'adoption, sur son amour pour nous, elle raconte que c'était dur d'être une famille d'accueil avant de nous avoir, elle raconte que c'était déchirant, elle raconte l'histoire du petit Manuel, un petit gars dont elle s'est occupée durant quelques semaines, un petit gars qui venait dans la famille Godin-Ouimet la semaine et qui retournait dans sa vraie famille la fin de semaine, un petit gars dont elle s'occupait la semaine avec les autres enfants de la garderie familiale qu'elle gérait à cette époque-là, avant d'être caissière au IGA, un petit gars qui retournait dans sa vraie famille la fin de semaine, et elle savait qu'une fois revenu dans sa vraie famille, le petit Manuel était enfermé dans son garde-robe durant des heures, c'était déchirant de laisser le petit Manuel retourner dans sa vraie famille, sachant qu'il allait finir dans le garde-robe. Et Manuel ce n'était pas un enfant facile à garder, une fois, Manuel a été surpris en train d'essayer de rentrer un bout de bois dans les fesses d'un autre enfant de la garderie, elle nous raconte ça, notre mère, en mangeant son dessert : elle est entrée dans la salle de bain et Manuel essayait de rentrer un bout de bois dans les fesses d'un autre petit gars de la garderie, et on peut imaginer que Manuel répétait ce qu'il avait déjà subi, c'est souvent comme ça avec les enfants comme le petit Manuel, les enfants avec des caractéristiques particulières, et c'était déchirant de laisser Manuel retourner dans sa vraie famille avec ses vrais parents qui ne voulaient pas céder complètement la garde de Manuel, ça lui déchirait le cœur, à notre mère, de ne pas pouvoir adopter le petit Manuel, on ne sait pas tout à fait comment l'histoire s'est terminée, on ne sait pas ce qu'est devenu le petit Manuel, on peut imaginer qu'il a développé des problèmes avec l'intimité, comme l'autre Manuel, le grand, on sait en tout cas qu'un jour ça en a été fini de la famille d'accueil, ça en a été fini de la garderie, on sait qu'un jour la famille Godin-Ouimet a pu adopter deux enfants tout neufs, à cinq ans d'intervalle : fini la famille d'accueil, fini la garderie, fini les enfants qui retournent dans le garde-robe la fin de semaine, fini les bouts de bois, fini les caractéristiques particulières.

Et quand on y pense, on se dit que l'histoire du petit Manuel est l'envers de notre histoire à nous, c'est l'histoire qui n'a pas eu lieu et qui aurait pu avoir lieu, c'est peut-être à cette histoire-là que pensait notre mère quand elle a écrit dans le carnet de bébé bleu que Louis-Daniel devait être reconnaissant, il devait être reconnaissant de ne pas avoir fini aux oubliettes comme le petit Manuel ; on a tellement entendu cette histoire du petit Manuel jeté dans le garde-robe, du petit Manuel avec son bout de bois, on a tellement entendu cette histoire du petit Manuel jeté aux oubliettes qu'on a peut-être fini par s'imaginer, enfant, que la famille Godin-Ouimet nous avait sauvé des oubliettes, c'est peut-être pour ça qu'on était si sage, enfant, c'est peut-être pour ça qu'on avait si peur de décevoir, de décevoir tout le monde, c'est peut-être pour ça qu'on s'est retrouvé à désirer un autre Manuel, un autre Manuel avec des caractéristiques particulières lui aussi, c'est peut-être pour ça qu'on se sent coupable, aujourd'hui, de ne pas cocher toutes les cases dans le formulaire d'adoption, on pense aux enfants qui finissent aux oubliettes.

Avant de raconter la rencontre déterminante au café Les Oubliettes, il faut peut-être tirer sur ce fil-là qui fait émerger toutes sortes d'histoires concernant notre arrivée dans la famille Godin-Ouimet, toute une mythologie, on les a entendues souvent, ces histoires-là, et chaque fois notre mère les raconte avec la même intensité dans le visage et dans la voix, chaque fois notre mère les raconte comme si c'était la première fois qu'elle les racontait, comme si elle oubliait chaque fois qu'elle les avait déjà racontées, comme si elle sortait les histoires des oubliettes ; toutes ces histoires, elle les raconte avec un regard et un ton qui essaient de générer la stupéfaction, on n'est jamais stupéfait quand on les entend, parce qu'on les a déjà entendues, mais on voit bien que ça la bouleverse encore, alors on écoute, on la laisse raconter, on la laisse répéter, on la laisse raconter par exemple l'histoire de la travailleuse sociale qui a retardé notre adoption définitive, la méchante travailleuse sociale qui venait à la maison et mettait en doute la bonne intégration du petit Louis-Daniel à la famille Godin-Ouimet, la travailleuse sociale qui supposait que la jaunisse du petit Louis-Daniel était le signe de sa mauvaise intégration dans la famille Godin-Ouimet, « il vous rejette », qu'elle disait, la travailleuse sociale, à la mère, « il vous rejette », qu'elle dit, la mère, au souper, en imitant la travailleuse sociale qui s'adressait à elle, « bin voyons donc ! » qu'elle répondait, la mère, à la travailleuse sociale, « bin voyons donc ! » qu'elle nous dit, la mère, en s'imitant elle-même en train de répondre à la travailleuse sociale, « bin voyons donc ! » : elle se l'est fait dire, la travailleuse sociale, « vous m'enlèverez pas mon Louis-Daniel ! » qu'elle disait, la mère, à la travailleuse sociale, « j'étais prête à m'enfuir dans le bois avec toi ! » qu'elle nous dit, la mère, « vous me l'enlèverez pas ! » qu'elle disait, qu'elle dit, c'est ce qu'elle disait à la travailleuse sociale, la méchante travailleuse sociale, c'est ce qu'elle nous dit quand elle raconte l'histoire, c'est ce qu'elle nous dit avec un regard et un ton pour nous émouvoir, pour nous prouver qu'elle nous aurait jamais laissé tomber aux oubliettes, pour prouver son amour des premières heures, son amour pour le petit Louis-Daniel.

Et on a beau reconnaître cet amour-là, on ne peut pas s'empêcher de trouver la scène inquiétante, la scène de la mère et de l'enfant enfuis dans le bois, on est difficilement ému par ce témoignage d'amour, on sait que ce témoignage d'amour nous concerne, mais on sait aussi qu'il ne nous concerne pas au complet, il concerne en partie l'amour de la mère pour le petit Louis-Daniel, l'enfant souhaité, le petit Louis-Daniel qui n'a plus grand-chose à voir avec le grand Louis-Daniel, avec nous, avec moi, il y a un écart entre cet enfant-là et nous, cet amour-là est un amour de mère, c'est un amour fabuleux, il faut accepter que cet amour fabuleux nous concerne et ne nous concerne pas en même temps, il y a toujours une part de cet amour fabuleux qui concerne l'enfant souhaité et non l'enfant réel, ça concerne tous les parents et tous les enfants, tout le monde n'arrive pas à le voir, mais nous on arrive à le voir, on est bon là-dedans, c'est ce qui arrive quand on a été adopté, peut-être, on se dit qu'un autre enfant aurait pu être à cette place-là, un autre enfant qui aurait reçu le même amour et qui aurait peut-être été plus adéquat, un autre enfant qui aurait mieux répondu à cet amour-là, qui serait entré dedans comme une main dans son gant, un autre enfant qui aurait été stupéfait à chaque racontage des histoires, un autre enfant qui n'aurait pas ce visage de marbre devant les histoires entendues cent fois, mille fois, un autre enfant qui recevrait l'amour au lieu de voir l'écart entre lui et lui dans lequel il voit cet amour tomber.

Et l'histoire de la méchante travailleuse sociale ne s'arrête pas là, elle se termine sur la déchéance de la travailleuse sociale, l'histoire se termine sur l'image de la travailleuse sociale remise à sa place par le juge, le juge Oscar d'Amours, c'est son nom, ça s'invente pas, on est allé voir sur Internet, il existe bel et bien, le juge, « il est peut-être temps de prendre votre retraite », qu'il aurait dit, selon notre mère, le juge Oscar d'Amours, à la méchante travailleuse sociale au moment d'officialiser l'adoption, « il est peut-être temps de prendre votre retraite », qu'il aurait dit, le jeune Oscar d'Amours, en consultant le dossier d'adoption du petit Louis-Daniel, en consultant les détails du dossier et en constatant les délais engendrés par la méchante travailleuse sociale, son idée de la jaunisse du petit Louis-Daniel comme rejet de la famille Godin-Ouimet, c'est ce que la mère nous raconte souvent au souper, rendu au dessert, jubilant de la déchéance de la travailleuse sociale remise à sa place par le juge, c'est ce que la mère nous raconte, exprimant son amour pour le juge Oscar d'Amours, exprimant son amour pour le petit Louis-Daniel et pour le grand Louis-Daniel.

Un jour on va lire au café Les Oubliettes, donc, et on y fait une rencontre déterminante quant à notre désir d'adopter un enfant à notre tour, on rencontre Mathias assis à une table en train d'écrire un article, Mathias qu'on a vu à la télévision la veille remporter 20 000 dollars au *Banquier*, ça s'invente pas, on le félicite, on félicite Mathias qui est passé à la télé hier, on félicite Mathias pour les 20 000 dollars remportés à l'émission *Le banquier*, c'est pas un très gros montant pour cette émission-là, mais quand même, on félicite Mathias pour son beau prix, on lui demande ce qu'il va faire avec cet argent-là, on lui demande ce qu'il va faire avec ses 20 000 dollars.

Et 20 000 dollars, ce montant-là nous rappelle quelque chose, ce montant-là est le montant imaginé de notre adoption, on a beau savoir que l'adoption est gratuite au Québec, on a déjà entendu quelque part qu'une adoption pouvait coûter 20 000 dollars, on a entendu ça quand on était enfant, et cette information s'est logée quelque part dans notre esprit, on imaginait que notre adoption avait coûté 20 000 dollars même si on savait qu'elle avait été gratuite, on peut toujours imaginer deux choses en même temps, les idées se superposent sans s'annuler, on peut à la fois valoir 20 000 dollars et zéro dollar, dans notre tête, on peut à la fois s'imaginer qu'on n'a rien coûté et imaginer que 20 000 dollars est le montant qui a permis qu'on ne finisse pas dans le garde-robe comme le petit Manuel, dans le garde-robe avec un bout de bois dans les fesses. On n'a plus aucune idée de l'origine de cette information sur le coût de 20 000 dollars des enfants adoptés, mais voilà : 20 000 dollars a longtemps été le montant imaginé de notre adoption, aussi bien dire le montant imaginé de notre mise au monde, aussi bien dire notre valeur, aussi bien dire le montant de notre dette à l'endroit de la famille Godin-Ouimet, aussi bien dire un montant à rembourser pour être quitte avec la vie. On sait aussi que les parents qui adoptent sont invités à faire un don à la Fondation Aidons un enfant, on sait que nos parents ont fait un don à la Fondation Aidons un enfant au moment de nous adopter, on ne connaît pas le montant du don, on ne sait pas exactement combien on vaut, on se doute bien qu'il ne s'agit pas d'un montant de 20 000 dollars, on s'en doute, on ne sait pas exactement combien on vaut et on ne sait pas exactement à qui on doit le rembourser, mais on a une dette quelque part, et quand on pense à la Fondation Aidons un enfant, on pense au contenant en plastique noir de la Fondation Mira ou des Amputés de guerre, on pense à la pièce de deux dollars, on s'imagine que c'est nous le chocolat à la menthe obtenu en échange du don, mais est-ce vraiment un don quand on obtient un chocolat à la menthe en échange ? est-ce vraiment un don quand on vous donne le petit Louis-Daniel en échange de votre don pour la Fondation Aidons un enfant ? est-ce vraiment un don si les seules personnes qui donnent à la fondation sont celles qui reçoivent un enfant en retour ?

Et donc on rencontre Mathias au café Les Oubliettes et on le félicite pour son prix, on lui demande ce qu'il va faire avec ses 20 000 dollars, et il nous raconte son projet d'adoption, il nous dit qu'il veut s'acheter un condo, il a besoin d'une pièce supplémentaire pour l'enfant à venir, l'enfant à venir d'ici trois à cinq ans, il nous parle de ça, il nous parle de son projet d'adoption avec son amoureux et on lui parle à notre tour d'adoption, de notre adoption d'abord, c'est-à-dire de notre condition d'enfant adopté, « j'ai été adopté à l'âge de cinq jours », qu'on lui dit, « je le sais depuis toujours », qu'on lui dit, et ensuite on lui parle de notre désir d'adopter nous aussi, on lui parle de nos hésitations, on lui parle de notre peur d'avoir un enfant malade, on lui parle de notre désir d'avoir un enfant naissant, pas un enfant de deux ans ou de trois ans, pas un enfant comme le petit Manuel avec son bout de bois, on lui parle de cette peur-là, de cette peur-là qui nous met mal à l'aise, on lui parle de l'enfant souhaité et de la honte de nos souhaits, on lui parle de tout ça, et à un moment donné dans la discussion, Mathias prononce les expressions « banque mixte » et « banque régulière », notre connaissance de ces termes est très limitée, on n'a pas encore commencé à remplir les formulaires au moment de cette rencontre aux Oubliettes, on a beau avoir été adopté nous-même, on dirait qu'on ne connaît pas grand-chose à l'adoption comme telle, on a beau avoir été adopté via la banque régulière, on dirait bien qu'on ne faisait pas vraiment la différence entre la banque mixte et la banque régulière, on dirait qu'on ne faisait pas la différence entre la banque régulière pour les parents qui souhaitent avoir un enfant naissant et la banque mixte pour les parents qui sont prêts à adopter des enfants plus vieux, des enfants avec des caractéristiques particulières, des enfants possiblement retirés à leur famille par la DPJ, des enfants comme le petit Manuel, on dirait qu'on ne faisait pas la différence même si la différence est assez grande entre les deux banques, et ça s'appelle des banques, en plus, les enfants adoptés viennent des banques, et il y a deux sortes de banques, comme il y a deux sortes de tirelires, celles avec un bouchon en plastique noir et celles qu'il faut casser avec un marteau, on vient d'une banque, une banque régulière, pas une banque mixte, on s'imagine un guichet automatique accoucher du petit Louis-Daniel avec une jaunisse, du petit Lounis.

La grande différence entre la banque mixte et la banque régulière, c'est le temps d'attente ; quand on s'inscrit à la banque mixte comme Mathias, on attend de trois à cinq ans, et quand on s'inscrit à la banque régulière comme nos parents l'ont fait avant nous, on doit attendre de sept à huit ans, c'est le délai qu'il faut attendre pour adopter un enfant naissant au Québec, dans leur temps à eux, à nos parents, c'était cinq ans, mais maintenant c'est sept à huit ans, il faut attendre tout ce temps-là, c'est comme ça, il faut attendre parce qu'il est rare après tout qu'une femme donne naissance à un enfant pour le donner en adoption par la suite, il est plus fréquent d'avoir recours à l'avortement, c'est assez rare, et on a trente-trois ans au moment d'apprendre ces informations, on n'a plus le temps d'attendre longtemps, on ne savait pas que c'était aussi long, on ne savait pas que c'était rendu sept à huit ans, il faut s'inscrire maintenant, c'est maintenant ou jamais, c'est sept à huit ans d'attente, et cette attente de sept à huit ans, cette attente, au lieu de nous décourager nous soulage, cette attente apparaît comme un long temps pour nous faire à l'idée, un long temps pour désirer l'enfant à venir, un long temps pour hésiter, un long temps pour changer d'idée, aussi, peut-être, un long temps pour mettre ce projet aux oubliettes, peut-être, un long temps pour faire le tour de toutes les histoires, de toutes les tergiversations, un long temps pour faire le ménage dans les histoires, un long temps pour les tricoter et les détricoter, un long temps pour les inventer.

∞

« **Je vaux plus cher morte que vive** », c'est ce qu'elle dit, la mère, ma mère, au cours d'une chicane avec son fils, moi, « je vaux plus cher morte que vive », qu'elle dit à son fils qui l'abandonne à Blainville pour commencer sa vie sans sa mère à Montréal, sa vie de cégep, de Manuel et de Second Cup, « je vaux plus cher morte que vive », qu'elle dit à son fils pour le faire sentir coupable de l'abandonner à Blainville. La raison pour laquelle elle lui dit « je vaux plus cher morte que vive » n'est pas tout à fait claire, elle va peut-être s'éclaircir à la faveur du mouvement de la main, elle dit aussi : « tu t'occupes de tes enfants durant vingt ans et ils t'abandonnent, tu finis toute seule », elle dit ça, la mère, en parlant d'elle-même, en regardant derrière elle sa vie, elle a l'impression que ses enfants l'abandonnent, qu'ils n'attendent que sa mort pour empocher le gros lot, on se demande bien pourquoi elle pense ça, on finit par se dire que les raisons pour lesquelles elle pense ça appartiennent à sa vie à elle, à tout ce qui dans sa vie à elle nous précède et ne nous concerne pas directement ; à la longue, à force de raconter les histoires, la colère et la peine diminuent et l'empathie pour la mère grandit, mais ce n'est pas une empathie stable, univoque, c'est une empathie interrompue par des moments de peine et de colère ; la peine et la colère reviennent aussi parfois quand on se rappelle, par exemple, le jour où la mère a dit « je vaux plus cher morte que vive », la colère et la peine surgissent aussi quand on se rappelle le jour où la mère a dit en appuyant plus fort sur l'accélérateur de sa Toyota Corolla « je vais rentrer dans un mur et ça va finir là », quand on pense à ce jour-là on a de la peine, et on a de la peine en l'écrivant, on a de la peine de l'écrire, on peine à l'écrire, on a de la peine en parlant de ce jour-là, car on se dit qu'il s'agit peut-être d'une invention, comment savoir, peut-être que l'accélération de la Toyota Corolla ne correspond pas à la vitesse du véhicule dans l'espace, peut-être que la vitesse ressentie correspond au rythme du cœur qui bat plus vite au moment où la mère dit « je vais rentrer dans un mur et ça va finir là », encore faut-il qu'elle l'ait vraiment dite, cette phrase, comment savoir ce qu'elle a dit, comment savoir aujourd'hui, comment départager le souvenir de l'invention, comment faire la différence entre la scène et l'impression de la scène, quand on pense à ce jour-là, quand on se revoit assis dans la Toyota Corolla à côté de Linda qui accélère en disant « je vais rentrer dans un mur et ça va finir là », quand on voit cette scène dans notre tête, cette scène qui relève soit du souvenir, soit de l'invention, quand je repense à cette scène, la colère et la peine prennent le dessus sur l'empathie, l'empathie qui est mon sentiment général envers ma mère, Linda, ma mère qui raconte souvent avoir été une enfant non désirée, une enfant surnuméraire, une enfant qui a souffert de t'ça ; ma mère est une mère qui a toujours voulu être une mère pour réparer quelque chose, c'est ce qu'on croit, une mère qui a toujours voulu être une mère pour refermer la brèche ouverte par le discours de ses parents à elle qui lui ont fait sentir qu'elle était une enfant surnuméraire, on pourrait remonter loin comme ça, on pourrait remonter loin et se demander pourquoi ses parents à elle ont dit ça, et on pourrait découvrir que ses parents à elle se sont fait dire des choses semblables par leurs parents à eux, on pourrait créer une longue chaîne d'empathie, mais il faut aussi éprouver la colère, il faut éprouver la colère pour avancer quand même.

Et là il nous apparaît que l'affirmation de la mère à l'endroit de ses parents, sa plainte d'être une enfant surnuméraire, sa plainte d'avoir été une enfant non voulue, il m'apparaît que cette plainte a toujours été le revers de mon statut d'enfant voulu, mon statut d'enfant adopté et donc voulu par mes parents : quand on est adopté on nous a voulu, c'est ce que je me dis en pensant à ma mère qui, elle, n'a pas été adoptée, ma mère qui, elle, n'a pas été voulue, on s'est longtemps dit qu'au moins nous on a été voulu, on a été voulu par elle, Linda, pas par l'autre, on a été voulu par la mère du jour cinq mais pas par la mère du jour zéro, on a été voulu par notre mère à nous qui n'a pas été voulue par sa mère à elle.

Aujourd'hui Linda est épuisée d'une vie à travailler et à travailler pour rembourser et pour rembourser, et à cause de ses deux faillites personnelles et à cause de Marcel et à cause de tout ça elle continue de travailler et de travailler pour rembourser et rembourser, malgré son âge elle travaille et elle travaille, malgré la douleur dans les mains et aux jambes et partout, elle travaille et elle travaille, malgré la fatigue elle travaille et elle travaille, malgré la maladie elle travaille, et quand elle ne travaille pas elle fait son ouvrage, « je fais mon ouvrage », qu'elle dit pour parler du ménage qui l'occupe tous les jours où elle ne travaille pas, « je vais travailler jusqu'à ce que je sois pu capable », qu'elle dit, ma mère, Linda, qui n'est plus capable de travailler depuis longtemps mais qui travaille et qui travaille encore pareil, malgré les conseils de tout le monde, malgré les astuces de sa conseillère financière qui lui dit qu'elle pourrait arrêter de travailler si elle hypothéquait sa roulotte et sa Toyota Corolla, « je vais pas repousser mon hypothèque de vingt-cinq ans : dans vingt-cinq ans, je vais être morte », qu'elle dit, ma mère, qui ne veut pas laisser des dettes à ses enfants, tout compte fait.

Quand elle dit « je vaux plus cher morte que vive », il faut peut-être comprendre qu'elle éprouve un certain soulagement à imaginer qu'un jour, au-delà de sa mort, elle aura payé une dette envers ses enfants, elle voit sa mort comme un remboursement, alors repousser son hypothèque de vingt-cinq ans et laisser des dettes à ses enfants est impensable pour elle, elle aime mieux travailler et travailler encore, elle sent maintenant qu'elle a une dette envers eux, elle sent qu'elle pourrait rembourser sa dette au-delà de la mort.

Mais le fils n'a pas besoin de cet argent-là, « j'ai pas besoin de t'ça », qu'il se dit quand il pense à l'héritage de sa mère, « j'ai pas besoin de t'ça », que je me dis, le compte est bon, j'ai maintenant un emploi bien payé que j'entends occuper avec joie pour les trente prochaines années de ma vie, je cotise pour une retraite, j'ai pas besoin de t'ça, l'argent de ma mère, l'argent de la mort à venir de ma mère, Linda, j'aimerais mieux que ma mère arrête de travailler et rallonge son hypothèque de vingt-cinq ans, j'aimerais mieux refuser l'héritage de ma mère que de voir ma mère s'user jusqu'à la corde, mais comment dire à ma mère que je peux refuser son héritage, comment dire à ma mère qui travaille et qui travaille pour payer sa dette que je peux refuser son héritage, qu'elle serait mieux de mourir endettée que de vivre dans la douleur, comment dire à ma mère que je peux la soulager d'un poids en refusant son héritage, comment dire à ma mère que j'ai déjà hérité de quelque chose, malgré tout, que j'ai hérité de quelque chose puisque je suis là à écrire à partir de ce que j'ai hérité d'elle, irrité d'elle, hérité d'elle, hérité d'elle, comment dire ça, comment lui dire, comment te dire ça, comment te le dire, comment te dire ce que j'ai hérité de toi, puisque je suis là à écrire à partir de ton rythme, le rythme du ressassement, le rythme de tes histoires, le rythme de ta parole qui est la chair de mes mots, la chair de ma chair, la chair de ma chair de mes mots.

Si tu veux une mère
n'efface pas
ce corps
parcheminé
que tu n'es plus
salue
la vivante
étrangère
à tes côtés

MADELEINE GAGNON

Aux mots de Michael Delisle et de Madeleine Gagnon cités dans le roman s'ajoutent en creux du texte les voix de deux Hervé : Guibert et Bouchard. Au premier j'ai emprunté un rythme, au second l'idée que conter consiste à faire son décompte.

Une première version du premier chapitre « 2 » a été publiée dans la revue XYZ (« Deux dollars », n° 152, hiver 2022, p. 53-59).

DANS LA MÊME COLLECTION

FICTIONS

APOSTOLIDES, Marianne, *Elle nage*, 2021
(traduit de l'anglais par Madeleine Stratford)
BLADOU, Romane, *Atlantique Nord*, 2023
BOUCHARD, Mylène, *Ma guerre sera avec toi*, 2006
BOUCHARD, Mylène, *La garçonnière*, 2009; 2013; 2020
BOUCHARD, Mylène, *Ciel mon mari*, 2013
BOUCHARD, Mylène, *L'imparfaite amitié*, 2018
BOUCHARD, Sophie, *Cookie*, 2008
BOUCHARD, Sophie, *Les bouteilles*, 2010
BOUCHET, David, *Soleil*, 2015
CANTY, Daniel, *Wigrum*, 2011
CARON, Jean-François, *Nos échoueries*, 2010
CARON, Jean-François, *Rose Brouillard, le film*, 2012
CARON, Jean-François, *De bois debout*, 2017
D., Louise-Amada, *Au temps sublime*, 2022
DeCHAMPLAIN, Virginie, *Les falaises*, 2020
DESCHÊNES, Marjolaine, *Fleurs au fusil*, 2013
DESJARDINS, Antoine, *Indice des feux*, 2021
DROUIN, Marisol, *Quai 31*, 2011
FULAŞ, Cristian, *Iochka*, 2022
(traduit du roumain par F. et J.-L. Courriol)
GAGNÉ, Mireille, *Le lièvre d'Amérique*, 2020
GODIN, Louis-Daniel, *Le compte est bon*, 2023

GUAY-POLIQUIN, Christian, *Les ombres filantes*, 2021

KAWCZAK, Paul, *Ténèbre*, 2020

LAVERDURE, Bertrand, *Bureau universel des copyrights*, 2011

LAVERDURE, Bertrand, *La chambre Neptune*, 2016

LEBLANC, Suzanne, *La maison à penser de P.*, 2010

LÉTOURNEAU, Sophie, *Chasse à l'homme*, 2020

LÉVEILLÉ-TRUDEL, Juliana, *Nirliit*, 2018

LÉVEILLÉ-TRUDEL, Juliana, *On a tout l'automne*, 2022

MARCOUX-CHABOT, Gabriel, *La Scouine*, 2018

Mc CABE, Alexandre, *Chez la Reine*, 2014

Mc CABE, Alexandre, *Une vie neuve*, 2017

NASRALLAH, Dimitri, *Niko*, 2018
(traduit de l'anglais par Daniel Grenier)

NASRALLAH, Dimitri, *Les Bleed*, 2019
(traduit de l'anglais par Daniel Grenier)

NASRALLAH, Dimitri, *Hotline*, 2023
(traduit de l'anglais par Daniel Grenier)

SANGARCÍA, Eduardo, *Anna Thalberg*, 2023
(traduit de l'espagnol par Marianne Millon)

SCALI, Dominique, *Les marins ne savent pas nager*, 2022

TANNAHILL, Jordan, *Liminal*, 2019
(traduit de l'anglais par Mélissa Verreault)

THÉORET, France, *Les querelleurs*, 2018

TREMBLAY, Larry, *Tableau final de l'amour*, 2021

TUCKER, Aaron, *Oppenheimer*, 2020
(traduit de l'anglais par Rachel Martinez)

VERREAULT, Mélissa, *Voyage léger*, 2011

VERREAULT, Mélissa, *Point d'équilibre*, 2012

VERREAULT, Mélissa, *L'angoisse du poisson rouge*, 2014

VERREAULT, Mélissa, *Les voies de la disparition*, 2016

VILLENEUVE, Mathieu, *Borealium tremens*, 2017

La Peuplade a été fondée
par Mylène Bouchard
& Simon Philippe Turcot.

Design graphique et mise en page
Atelier Mille Mille

Direction littéraire
Mylène Bouchard

Édition
Mylène Bouchard
Paul Kawczak
Marc-Antoine Gilbert

Révision linguistique
Pierrette Tostivint

Correction d'épreuves
Caroline Louisseize

Photographie en couverture
Chih-Chien Wang

Le compte est bon a été mis en page en Lyon,
caractère dessiné par Kai Bernau
en 2009 et en Din Next, caractère dessiné
par Akira Kobayashi en 2009.

Achevé d'imprimer en France
par CPI en avril 2023.

No. d'impression : 2071139